赵树理

小说选

赵树理　著

Zhao Shu Li

李家庄的变迁

（1944—1946）

中国言实出版社

图书在版编目（CIP）数据

李家庄的变迁 / 赵树理著. -- 北京：中国言实出

版社，2021.10

（赵树理小说选）

ISBN 978-7-5171-3071-0

Ⅰ.①李… Ⅱ.①赵… Ⅲ.①长篇小说—中国—当代

Ⅳ.①I247.5

中国版本图书馆CIP数据核字（2021）第035666号

出 版 人	王昕朋
责任编辑	李昌鹏
责任校对	张国旗

出版发行　**中国言实出版社**

地　址：北京市朝阳区北苑路180号加利大厦5号楼105室
邮　编：100101
编辑部：北京市海淀区花园路6号院B座6层
邮　编：100088
电　话：64924853（总编室）　64924716（发行部）
网　址：www.zgyscbs.cn
E-mail：zgyscbs@263.net

经　　销	新华书店
印　　刷	徐州绪权印刷有限公司
版　　次	2021年10月第1版　2021年10月第1次印刷
规　　格	787毫米×1092毫米　1/32　7.75印张
字　　数	132千字
定　　价	45.80元　ISBN 978-7-5171-3071-0

目录

1944年

来来往往 ①

前半年旱得太久，旱地里的玉茭都没有长出胡子来，立秋以后下了雨，人们都把它拔了改种荞麦。可是水地和旱地不同，水地里的玉茭还和往年一样，长得一人多高，豆角秧（蔓子）缠在玉茭秆上，还是绿腾腾的。

有个十二三岁的孩子，提了个小篮，到一块水地里摘豆角。他才走进地里四五步，外边就看不见里边有人了。这孩子姓王叫金山，他的爹娘都是村干部——爹是农救会主席，娘是妇救会宣传委员。他虽然才十二三岁，却十分能干，差不多抵半个大人做活。这天吃过午饭，村里开干部会布置救荒工作。爹娘都去开会，打发他来摘豆角预备晚上吃。

有些豆角挂在玉茭秆上，比他高得多，他一根一根斜攀着摘。才摘了两三条秧，忽然看见一条秧头垂下来，叶

---

① 原载 1944 年 1 月 13 日《新华日报》华北版，署名"树理"。题后标明"拥军爱民故事"。

子背也都朝了天，明明白白是断了。他想："这怎么能断了？虫咬了吗？"从上往下一检查，是从根上离地一二寸的地方断了的，下边的断头还流着水。拿住两个头往一处对还对得上，不是虫咬，一定是人踢断了，地上还有脚印。他独自埋怨："这是谁干的？平白无故来地里做什么？"他一边念叨着，一边把这条死秧上的豆角连大带小地摘下来。摘完了还回头看了几次，觉着十分可惜。他又往前摘了几条秧，远远又看见一条秧发了灰，又是秧头拖着地，叶背朝天了。仔细一端详，也和刚才那一条一样，又是人踢断了的。一条还觉着可惜，何况两条？他低声骂着，又把上边的豆角连大带小一齐摘下来。可是他刚一抬头，接连着又是一条。他气极了，就骂出来："他妈的这是个谁？进地里来做什么？"他骂完了，正预备去摘这一条死秧上的豆角，远远听见当地里有人答话说："金山你骂谁？我在你地里拔几棵苦菜，也犯不上挨你的骂呀？"这一来冷不防吓了他一跳。虽说庄稼长得太密看不见人，他却从话音里听出来是本村驻军里一个勤务员名叫张世英。既然听懂了，他就喊道："张世英，是你呀！你来看你踢断了几条豆角秧！"因为脸朝着当地喊，又看见远处几条豆角秧也好像发了灰。他干脆连豆角也不摘了，一边往前走，一边数着断了的豆角秧——"……四条——五条——六条——七条。"不大一会儿，已经看着张世英穿着红缨草鞋的脚。他说："张世英，你来！咱们一同数一数你踢断了几条豆角秧！"张世英说："你不要讹人，我一条也没有踢过！"金山说："除过你就没有人来，难道豆角秧还会自己断了？"说着已经走到跟前，拉住张世英的手说："你来看看！一共七条！你一条一条都看看，看我是说瞎话不是？"张世英甩开他的手道："不论几条都不与我相干，我一下也没有踢！"金山说："我又没有说叫你赔，你为什么推得那么干净？只有你一个人在地里，不是你是谁？咱去叫你指导员说说！"说着就把张世英拉住。张世英比他大两岁，自然吃不了亏，把手猛一甩，脱出身来说："扯淡！没有踢就是没有踢，你讹得住谁？你到指导员那里问一问，看俺说过瞎话没有？"说了提起箩头就往地边走："不叫俺在你地里拔，俺到别处拔去！"

金山这孩子受不得屈，见张世英不认账，提起箩头扬长走了，他也就提起篮子跑回来，连家也不回就去找指导员。他才走进指导员住的院子，就一边走一边喊："指导员，指导员！你们的张世英在俺地里拔菜，踢断了俺七条豆角秧不认账，俺拉着拉着他就跑了！"赶走到屋子里话也说完了。指导员又问了一下在地里的详细情形，就向他说："你回去吧！一会儿他回来我给你问一下，要真是他踢断了，叫他赔你们！"金山说："俺又不是叫他赔，只要他把理说清！明明是他踢断了的，他还说是我讹他！"

指导员笑了笑，摸着金山的头说："好孩子，你认理很真！我一定能给你问清楚！你先回去吧！"金山也就回去了。

部队上晚饭吃得早。下午三点半钟，吃过了晚饭，指导员把张世英叫到房子里问道："农救会主席的孩子说你在人家地里拔菜，踢断了人家七条豆角秧，是你踢断了吗？"张世英说："我是不会说半句瞎话的，我没有！一下也没有踢！咱拔咱的菜，踢人家那个干什么？"这句话引得指导员大笑。笑罢了又向他说："傻鬼！谁说你是故意踢断了？你家里种地不种？"张世英说："不！我爹是做生意的。"指导员又问："你今天在他那块地里，走起路来脚下边不觉着有麻烦吗？"张世英说："麻烦可多啦！要不是那里的苦菜长得肥，我早走开了，还没有走一步不知道什么乱七八糟一大团就把脚绊住了。"指导员又问："绊住了你怎么办？"张世英说："那好办，吃力一拖，拔出脚来再走！可是前边还一样，还是……"指导员笑了笑说："傻鬼！那你还说不是你？吃力一拖还不拖断了豆角秧？"张世英说："不是豆角秧都长在玉茭秆上哩！"指导员说："根呢？"张世英说："根——可不是根还在下边，那也许是我拖断了的！"指导员笑了笑，然后正正经经向他说："好孩子！不论做对做错，只要是你做过的事你都承认，这是你的长处。可是今天这件事不简单：你还记得我前几天说我们为什么要吃野菜吗？"张世英说："记得！

因为要节省小米减轻老百姓负担。"指导员说："咱们八路军是老百姓的队伍，处处要顾到老百姓的利益。原来为的是减轻老百姓的负担，现在反而弄坏了老百姓的豆角，你想想合算不合算？"张世英低头细细想，虽然也想到是自己的错，可是马上也想不出补救的办法来——不赔人家吧，说不下去；赔人家吧，又没有钱。他想来想去，最后总算想出来个主意，就向指导员说："怎么办？赔人家吧？"指导员说："那倒很好，可是你拿什么赔人家去？"张世英说："我今天拔的菜还没有交，就拿这个先赔了他，明天礼拜日我多拔一些再交管理排，行不行？"指导员很满意，向他说："好！你想得很周全！就那么办吧！以后不论到了谁的地里，要时时看着脚底，千万不要踏坏人家的庄稼！不然，咱的生产节约、减轻老百姓负担，就成了空话了。"张世英一一答应了就走出来。

他从指导员那里出来，拿上自己拔的野菜往金山家里去送。他正走到金山家的大门口，恰巧碰上金山的爹娘散会回来。金山他爹问："你去洗菜吗？"张世英说："不！这是赔你们的！"说着就走到院子里。金山他爹说："为什么赔我们？"张世英说："我把你们的豆角秧踢断了几条！"金山坐在屋门里烧火做饭，抢着向张世英说："你不是不认账吗？"张世英嘻嘻笑着说："不是故意的，是绊住脚拖断了的！指导员一说我才想起来！"金山的爹娘

李家庄的变迁

一时弄不清是什么事，跟张世英相跟着一同进了家。张世英放下箩头，金山他爹让他坐下才又问他："怎么一回事？"张世英从头到尾说了一遍。金山他爹这下听明白了，便向张世英说："可不用！以后小心一点儿就对了，赔什么？谁就不招挂谁一点儿什么？"又向金山说："这点小事，就不该麻烦人家指导员！"又向张世英说："好小鬼！拿回去吧！不要你赔！"张世英说："我们拔野菜，为的是节省小米减轻老百姓负担。要是因为拔野菜弄坏了庄稼还不赔，那不又加重了老百姓的负担吗？"说着就把一箩头苦菜倒在地下，金山他爹拦着拦着，他就拖起箩头来跑了。

金山他爹向金山说："你看人家军队怎样待咱老百姓？这一点儿小事情你可不该去跟人家打麻烦！今年四月在东山上打仗，咱们都远远看见来吧！你看人家吃几颗小米卖的是什么力气？今年年景不好，人家因为要减轻老百姓的负担，连斤半小米也舍不得吃了，现在已减到一斤五两，行政机关、后方机关还要减到十六两①。人家打野菜还为的是咱老百姓，弄坏咱几条豆角秧咱还能叫人家赔？给人家把菜送回去！"金山他娘也说："给人家送回去吧，人家小鬼拔了一后晌，也不是容易的……"

_____

① 十六两，指旧制，十六两为一斤。

　　金山从他爹娘的话里听出道理来，仔细一想，真不该为这事去找人家指导员。他正觉着后悔，忽听他爹叫他去给人家送菜，他马上把菜放在一只箩头里，给张世英送回去了。

孟祥英翻身 ①

小　序

因为要写生产度荒英雄孟祥英传，就得去找知道孟祥英的人。后来人也找到了，可是得到的材料，不是孟祥英怎样生产度荒，而是孟祥英怎样从旧势力压迫下解放出来。我想一个人从不英雄怎样变成英雄，也是大家愿意知道的，因此就写成这本小书，书名就叫《孟祥英翻身》。

至于她生产度荒的英雄事迹，报上登载得很多，我就不详谈了。

---

① 本篇于 1945 年 3 月 30 日由华北新华书店出版，题后标明"现实故事"。文中的"×"是原有的。孟祥英，抗战时期太行区妇女运动的一面旗帜，著名女英雄。

一、老规矩加上新条件

涉县的东南角上，清漳河边，有个西峧口村，姓牛的多。离西峧口三里，有个丁岩村，姓孟的多。牛孟两家都是大族，婚姻关系世代不断。像从前女人不许提名字的时候，你想在这两村问询一个牛孟两姓的女人，很不容易问得准，因为这里的"牛门孟氏"或"孟门牛氏"太多了。孟祥英的娘家在丁岩，婆家在西峧口，也是个牛门孟氏。

不过你却不要以为他们既是世代婚姻，对对夫妻一定是很美满的，其实糟糕的也非常多。这地方是个山野地方，从前人们说："山高皇帝远"，现在也可以说是"山高政府远"吧，离区公所还有四五十里。为这个原因，这里的风俗还和前清光绪年间差不多：婆媳们的老规矩是当媳妇时候挨打受骂，一当了婆婆就得会打骂媳妇，不然的话，就不像个婆婆派头；男人对付女人的老规矩是"娶到的媳妇买到的马，由人骑来由人打"，谁没有打过老婆就证明谁怕老婆。

孟祥英的婆婆，除了遵照那套老规矩外，还有个特别出色的地方，就是个好嘴。年轻时候外边朋友们多一点儿，老汉虽然不赞成，可是也惹不起她——说也说不过她，骂更骂不过她。老汉还惹不起，媳妇如何惹得起她呢?

　　有村里的老规矩,再加上婆婆的好嘴,本来就够孟祥英倒霉了,可是孟祥英本身还有些倒霉的条件:第一是娘家没有人做主。孟祥英九岁时候就死了爹娘,那时只有十三岁一个姐姐和怀抱里一个小弟弟。后来姐姐也嫁到西峻口。因为姐姐的婆家跟自己的婆家不对劲,自己出嫁时候,姐姐也没得来,结果还是自己打发自己上的轿。像这样的娘家,自己挨了打谁能给争口气呢?第二是娘家穷,买不起嫁妆。第三是离娘早,针线活学得不大好。第四是脚大。这地方见了脚大女人,跟大地方人看小脚女人一样奇怪。第五是从小当过家,遇了事好说理,不愿意马马虎虎吃婆婆的亏。这些在婆婆看来,都是些该打骂的条件。

二、哭不得

　　满肚冤枉的人,没有申冤的机会,常免不了要哭,可是孟祥英连哭的机会也不多:要是娘家有个爹娘,到娘家可以哭一哭,可是孟祥英娘家只有十来岁一个小弟弟,不说不便向他哭,他哭了还得照顾他。要是两口子感情好,受了婆婆的气,晚上可以向丈夫哭一哭,可是孟祥英挨打的时候,常常是婆婆下命令丈夫执行,向他哭还不是找他再打一顿吗?不过孟祥英也不是绝没有个哭处:姐姐跟自己是紧邻，见了姐姐可以哭；邻家有个小媳妇名叫常贞，跟自己一样挨她婆婆的打骂，见了常贞可以互相对哭；此外，家里造纸，晒纸时候独自一个人站在纸墙下，可以一边贴纸一边哭。在纸墙下哭得最多，常把个布衫襟擦得湿湿的。

有一次，另外遇了个哭的机会，就哭出事来了。一天，她一个人驾着驴到碾上碾米，簸着米就哭起来，被她丈夫一个本家叔父碰见了。这个本家叔父问明了原因，随便批评了她婆婆几句，不料恰被她婆婆碰上。这位本家叔父见自己说的话已被她婆婆听见，索性借着叔嫂关系当面批评起来。婆婆怕暴露自己年轻时候的毛病，当面不敢反驳，只好用别的话岔开。

婆婆老早就怕孟祥英跟外人谈话，特别是跟年轻媳妇们谈。据她的经验，年轻媳妇们到一处，无非是互相谈论自己婆婆的短处，因此一见孟祥英跟邻家的媳妇们谈过话，总要寻个差错打骂一番。这次见她虽是跟一个男人谈，却亲自听见又偏是批评自己，因此她想："这东西一定是每天在外边败坏我的声名，非教训她一顿不可！"按旧习惯，婆婆找媳妇的事，好像碾磨道上寻驴蹄印，步步不缺。恰巧这天孟祥英一不小心，被碾滚子碾坏了个笤帚把，婆婆借着这事骂起孟祥英的爹娘来。因为骂得太不像话了，孟祥英忍不住便答了话：

"娘！不用骂了，我给你用布补一补！"婆婆说："补你娘的×！""我跟我姐姐借个新的赔你！""赔你娘的×！"

补也不行，赔也不行，一直要骂"娘"，孟祥英气极了，便大胆向她说："我娘死了多年了，现在你就是我的娘！你骂你自己吧！娘！"

"你娘的×！""娘！""你娘的×！"

"娘！娘！娘！"婆婆不骂了。她以为媳妇顶了她，没得骂个痛快。她想："这东西比我的嘴还硬！须得另想办法来治她！"后来果然又换了一套办法。

三、死不了

一天，孟祥英给丈夫补衣服，向婆婆要布，婆婆叫她向公公要。就按"老规矩"，补衣服的布也不应向公公要。孟祥英和她讲道理，说得她无言答对，她便骂起来。孟祥英理由充足，当然要和她争辩，她看这情势不能取胜，就跑到地里叫她的孩子去：

"梅妮（孟祥英丈夫的名字）！你快回来呀！我管不了你那个小奶奶，你那小奶奶要把我活吃了呀！"

娘既然管不了小奶奶，梅妮就得回来摆一摆小爷爷的威风。他一回来，按"老规矩"自然用不着问什么理由，拉了一根棍子便向孟祥英打来。不过梅妮的威风却也有限——十六七岁个小孩子，比孟祥英还小一岁——孟祥英便把棍子夺过来。这一下可夺出祸来了：按"老规矩"，丈夫打老婆，老婆只能挨几下躲开，再经别人一拉，作为了事。孟祥英不只不挨，不躲，又缴了他的械，他认为这是天大一件丢人事。他气极了，拿了一把镰刀，劈头一下，把孟祥英的眉上打了个血窟窿，经人拉开以后还是血流不止。

拉架的人似乎也说梅妮不对，差不多都说："要打打别处，为什么要打头哩？"这不过只是说打的地方不对罢了，至于究竟为什么打，却没人问，按"老规矩"，丈夫打老婆是用不着问理由的。

这一架打过之后，别人都成了没事人，各自漫散了，只有孟祥英一个人不能那么清闲。她想：满理的事，头上顶个血窟窿，也没人给说句公道话，以后人家不是想打就可以打吗？这样下去，日子长着哩，什么时候才能了结？想来想去，没有个头尾，最后想到寻死这条路上，就吞了鸦片烟。

弄来的鸦片烟太少了，喝了以后死不了，反而大吐起来。家里人发现了，灌了些洗木梳的脏水，才救过来。婆婆说："你爱喝鸦片多得很！我还有一罐哩！只要你能喝！"孟祥英觉着那倒也痛快，可是婆婆以后也没有拿出来。又一次，孟祥英在地里做活，回来天黑了，婆婆不让她吃饭，丈夫不让她回家。院门关了，婆婆的屋门关了，丈夫把自己的屋门也关了，孟祥英独自站在院里。邻家媳妇常贞来看她，姐姐也来看她，在院门外说了几句悄悄话，她也不敢开门。常贞和姐姐在门外低声哭，她在门里低声哭，后来她坐在屋檐下，哭着哭着就瞌睡了，一觉醒来，婆婆睡得呼啦啦的，丈夫睡得呼啦啦的，院里静静的，一天星斗明明的，衣服潮得湿湿的。

第二天早上没有吃饭，午上还没有吃饭，孟祥英又觉着活不下去了，趁着丈夫在婆婆屋里睡午觉，她便回房里上了吊。

邻家媳妇常贞又去看她，听见她公婆丈夫睡得稳稳的，以为这回总可以好好谈谈，谁知一进门见她直挺挺吊在梁上，吓得常贞大喊一声跳出来。一阵喊叫，许多人都来抢救。祥英的姐姐也来了，把尸首抱在怀里放声大哭。

救了好久，祥英又睁开了眼，见姐姐抱着自己，已经哭成个泪人了。两次寻死，都没得死了，仍得受下去。

四、怎样当上了村干部

一九四二年，第五专署有个工作员去西峧口协助工作，要选个妇救会主任，村里人提出孟祥英能当，都说：

"人家能说话！说话把得住理。"可是谁也不敢去向她婆婆商量。工作员说："我亲自去！"他一去就碰了个软钉子。孟祥英的婆婆说："她不行！她是个半吊子，干不了！"左说左不应，右说右不应，一个"干不了"顶到底。这位老太婆为什么这样抵死不让媳妇干呢？这与村里的牛差差有些关系（牛差差不是真名，是个已经回头的特务，因为他转变得还差，才叫他"差差"）。

当摩擦专家朱怀冰①部队驻在这一带时候，牛差差在村里也是个了不起的人，后来朱怀冰垮了台，保长投了敌，他又到敌人那边跟保长接过两次头；四十军驻林县时，他也去跟人家拉过关系，真是个骑门两不绝的人物。他和孟祥英婆家关系很深。当年孟祥英的公公牛明师，因为造纸赔了钱，把地押出去了，没有地种，种了他五亩半地。他的老婆，当年轻时候，结交下的贵客也不比孟祥英的婆婆交的少，因为互相介绍朋友，两个女人也老早就成了朋友。牛差差既是桌面上的人物，又是牛明师的地主，两个人的老婆又是多年的老朋友，因此两家往来极密切，虽然每年打下粮食是三分归牛明师七分归牛差差，可是在牛明师老两口看来，能跟人家桌面上的人物交好，总还算件很体面的事。

———————————

① 朱怀冰，国民党九十七军军长兼冀察战区政治部主任及河北省民政厅长，驻在太行山东侧，经常侵入太行根据地骚扰、破坏。

李家庄的变迁

自从朱怀冰垮了台，这地方的政权，名义上虽然属于咱们晋冀鲁豫边区，实际上因为"山高政府远"，老百姓的心，大部分还是跟着牛差差那伙人们的舌头转。牛差差隔几天说日本兵快来了，隔几天说四十军快来了，不论说谁来，总是要说八路军不行了。这话在孟祥英的公公牛明师听来，早就有点半信半疑，因为牛明师家里造纸，抗战以来纸卖不出去，八路军来了才又提倡恢复纸业，并且由公家来收买，大家才又造起来。牛明师自己造纸赚了许多钱，不上二年把押出去的地又都赎回来了。他见这二年来收买纸的都是八路军的人，以为八路军还不是真"不行"，可是一听到牛差差的谣言，他的念头就又转了，他想人家这"桌面上人"，说话一定是有根据的。孟祥英的公公对牛差差的话，虽然半信，却还有"半疑"，可是孟祥英的婆婆，便成了牛差差老婆的忠实信徒了。她不管纸卖给谁了，也不管地是怎样赎回来的。她的军师只有一个，就是牛差差老婆。牛差差老婆说"四十军快来了"，她以为不是明天就是后天。牛差差老婆说"四十军来了要枪毙现在的村干部"，她想最好是先通知干部家里预备棺材。你想这样一个婆婆，怎么会赞成孟祥英当妇救会主任呢？

工作员说了半天，见人家左说左不应，右说右不应，一个"干不了"顶到底，年轻人沉不住气，便大声说："她干不了你就干！"这一手不想用对了：孟祥英的婆婆本来认为当村干部是件危险的事，早晚是要被四十军枪毙的。她不愿叫孟祥英干，要说是爱护媳妇，还不如说是怕连坐，所以才推三阻四，一听到工作员叫她自己干，她急了。她想媳妇干就算要连坐，也比自己亲身干了轻得多，轻重一比较，她的话就活套得多了："我不管，我不管！她干得了叫她干吧！"

工作员胜利了，孟祥英从此才当了妇救会主任。

五、管不住了

当了村干部，免不了要开会。孟祥英告婆婆说："娘！我去开会！"说了就走了。婆婆想："这成什么话？小媳妇家开什么会？"可是不叫去又不行，怕工作员叫自己干。她虽觉着八路军"不行了"，可是估量一下自己的能力，比八路更不行，要是公然反抗起来，明天早晨四十军不来救驾，到晌午就保不定要被工作员带往区公所。好汉不吃眼前亏，由她去吧！

妇女也要开会，在孟祥英的婆婆脑子里是个"糊涂观念"，有心跟在后面去看看，又怕四十军来了说自己也参加过"八路派"人的会，只好不去。第二天，心不死，总得去侦察侦察一伙媳妇们开会说了些什么。她出去一调查，"娘呀！这还了得？"妇女要求解放，要反对婆婆打骂，反对丈夫打骂，要提倡放脚，要提倡妇女打柴、担水、上地，和男人吃一样饭干一样活，要上冬学……她想：这不反了？媳妇家，婆婆不许打，丈夫不许打，该叫谁来打？难道就能不打吗？二媳妇（就是指孟祥英，她的大孩子跟大媳妇在襄垣种地）两只脚，打着骂着还缠不小，怎么还敢再放？女人们要打起柴来担起水来还像个什么女人？不识字还管不住啦，识了字越要上天啦！……这还成个什么世界？

婆婆虽然担心，孟祥英却不十分在意，有工作员做主，工作倒也很顺利，会也开了许多次，冬学也上了许多次。这家媳妇挨了婆婆的打，告诉孟祥英，那家媳妇受了丈夫的气，告诉孟祥英。她们告诉孟祥英，孟祥英告诉工作员，开会、批评、斗争。孟祥英工作越积极，婆婆调查来的材料也越多，打不得骂不得，跟梅妮说："那东西管不住了！什么事她也要告诉工作员！可该怎么办呀？"梅妮没法，吸一吸嘴唇，婆婆也吸一吸嘴唇。

孟祥英打回柴来了，婆婆嘴一歪，悄悄说："圪仰圪仰，什么样子！"孟祥英担回水来了，婆婆嘴一歪，悄悄说："圪仰圪仰，什么样子！"

要提倡放脚，工作员叫孟祥英先放，孟祥英放了。婆婆噘着嘴，两只眼睛跟着孟祥英两只脚。

村里的年轻女人们，却不和孟祥英的婆婆一样：见孟祥英打柴，有些人也跟着打起来；见孟祥英担水，有些人也跟着担起来；见孟祥英放脚，有些人也跟着放了脚。男人们也不都像梅妮，也有许多进步的：牛差差说："女人们放了脚真能抵住个男人做！"牛差差说："女人们打柴担水，男人少误多少闲工！"牛差差常说："人家八路不好，我看人家提倡的事情都很有好处！"

不论大家怎样想，孟祥英的婆婆总觉着孟祥英越来越不顺眼，打不得骂不得，一肚子气没处发作，就想找牛差差老婆开个座谈会。一天，她上地去，见牛差差老婆在前边走。她喊了一声"等等"，人家却不等她，还走得很快。她跑了几步赶上去，牛差差老婆说："咱两家以后少来往，你不要以为你老二媳妇放了脚很时兴！以后四十军来了，一定要说她是八路军的太太！你们家里跟八路有了关系了，咱可跟你们受不起那个连累！"这几句话，把孟祥英的婆婆说得从头麻到脚底。她这几天虽是憋了一肚子气，可还没有考虑到这个天大的危险，座谈会也不开了，赶紧找梅妮想办法。可是梅妮有什么办法呢？还不是母子两个坐到一块各人吸各人的嘴唇？

六、卖也卖不了

有一次，村里的群众要去太仓村斗争特务任二孩，牛

李家庄的变迁

差差们说:"去吧!任二孩是人家四十军的得劲人,谁去参加斗争,谁就得防备丢脑袋,四十军来了马上就跟他算账!"孟祥英的公公婆婆丈夫听到这话,全家着了急,虽不敢当面来劝孟祥英,可是一个个脸色都变白了,娘看看孩子,低声说:"这回可要闯大祸!"孩子看看娘,低声说:"这回可要闯大祸!"

这些怪眉怪眼,孟祥英看了也觉着有点可怕,问问别的媳妇们,也有些人说:"不去好。"孟祥英这时也拿不定主意,问工作员"不去行不行",工作员说:"这又不强迫,不过群众还去啦,干部为什么不去?"孟祥英说不出道理来,她想:去就去吧,咱不会不说话?

她一到太仓村,见群众满满挤了一会场,比看戏时候的人还多,发言的人抢还抢不上空子,任二孩低着头,连谁的脸也不敢看。这会儿她的想法变了,她想:这么多的人难道都不怕枪毙,可见闯不下什么大祸。不多一会儿,她就领导着西峧口人喊起反对任二孩的口号来了。

开过了这次斗争会,孟祥英胆子大起来,再也不信特务们"变天"的谣言了,工作更积极起来,可是她的婆婆却和她正相反:自从孟祥英开会回来,牛差差们就跟她婆婆说:"早晚免不了吃亏。"婆婆听见这话越觉着胆寒,费了千辛万苦,才算想了个对付孟祥英的妙法。

一天,婆婆跟梅妮的姑姑说:"这二年收成不好,家里也没有吃的，叫梅妮领上他媳妇去襄垣寻他哥哥去吧！"家里没吃的是事实，离开婆婆，孟祥英也很高兴，只是村里的工作搞起来了放不下手。晚上，孟祥英到妇女识字班去了，婆婆又跟梅妮的姑姑谈起话来。识字班用的油放在孟祥英家，孟祥英回去取油，听见她们两人的半截话。婆婆说："领到襄垣卖了她吧，咱梅妮年轻轻的，还怕订不下个媳妇？"姑姑说："不怕人家告诉那里的八路军？"婆婆说："不怕！那里是老日本子占着哩！"孟祥英听了这话，才知道婆婆的高计，赶紧告诉工作员。工作员说："她没有跟你说明，你也不必追问她，你只要说这里：工作放不下，不去就算了。"

孟祥英不去，婆婆也无法，白做了一番计划。

七、英雄出了头

夏天，庞炳勋[1]、孙殿英[2]领着四十军和新五军投了敌人，八路军又在林县把他们打垮了。牛差差们一天听说四十军新五军有几千人过了漳河往北开，正预备宣传宣传，又打听得是被八路军在日军的据点上俘虏过来的，因此才不敢声张。事实摆在眼前，他虽不声张，也封锁不住

---

① 庞炳勋，国民党四十军军长，冀察战区副总司令。
② 孙殿英，国民党新五军军长。

胜利的消息。村干部们一听到这个消息，马上都高兴起来，大大宣传了一番，从此人心大变，就是素日信服牛差差"变天"说法的人，也都知道牛差差的"天"塌了。孟祥英在这环境好转之后，工作当然更顺利了许多。

不巧的是连年有灾荒，这个秋天更糟糕一点儿：一夏天不见雨，庄稼干得差不多能点着火。到秋来谷穗像打锣锤，头上还有寸把长一条蜡捻子；玉茭不够一腿高，三亩地也收不够一箩头。秋天又一连下了几十天连阴雨，三颗粮食收割不回来，草比庄稼还长得高。

政府号召采野菜度荒，村干部们一讨论，孟祥英管组织妇女。因为秋景太坏，村里人都泄了气，有些人说："连年没收成，反正活不了，哪有心事弄那一把树叶？"孟祥英挨门挨户劝她们，说："死不了还得吃，"说："过了秋天想采野菜也没有了，"说："野菜和糠总比吃纯糠好"……她一边说，一边领着几个积极的妇女先动起手来。没粮之家，说："情愿等死"，只能算是发脾气，后来见孟祥英领的几个人满院里是野菜，也就跟着去采。孟祥英把她们组成四个组，每日分头上山，不几天，附近山上，凡是能吃的树叶都光了，都晒在这伙妇女们的院里了。本村完了到外村去，河西没了到河东去，直采到秋风扫落叶时候，算了一下总账，二十多个妇女，一共采了六万多斤。

野菜采完了，听说白草能卖一块钱一斤，孟祥英又领导妇女割白草。这一次更容易领导，家家野菜堆积如山，谁也不再准备饿死，一看见野菜就都想起孟祥英，因此孟祥英一说领导妇女割白草，这些妇女们的家里人都说："快跟人家去割吧！这小女是很有些办法的！"后来大家竟割了两万多斤，卖了两万多块钱。

从此西峪口附近各村，都佩服孟祥英能干。

八、分家

有人说，因为孟祥英能生产度荒，婆婆丈夫都跟她好起来了，仔细一打听，完全不确。

孟祥英采来的野菜，婆婆吃起来倒也不反对，可是不赞成她去采，说她是"勾引上一伙年轻人去放风"。"放风"这个说法，原有两个出处：从前有一种开煤窑的恶霸，花钱买死了工人（被买的人有了错，可以随便打死），关在窑底，五天或十天放出来见一次太阳，名叫"放风"；放罢了收回去，名叫"收风"。监狱里对犯人也是这样——从屋子里放到院子里叫"放风"，从院子里锁到屋子里叫"收风"。孟祥英的婆婆也不是绝不赞成放媳妇的风——只要看孟祥英初嫁的时候也到地里收割、拔苗就是个证据。不过她想"就是放风，也得由我放由我收"。按"老规矩"，媳妇出门，要是婆婆的命令，总得按照期限回来；

要是自己的请求，请得准请不准只能由婆婆决定，就是
准出去，也得叫媳妇看几次脸色；要是回来得迟了，可以
打、可以骂、可以不给饭吃。孟祥英要领导全村妇女，按
这一套"老规矩"如何做得通？因此婆婆便觉着"此风
万万放不得"了。

这种思想，不只孟祥英的婆婆有，恐怕还有几个当婆
婆的也同意。牛差差老婆趁此机会造出谣言，说野菜吃了
不抵事，有些婆婆就不叫媳妇去了。孟祥英为了这件事，
特别召集妇女开会检查了一次，才算把这股谣言压下去。

采罢了野菜，割罢了白草，孟祥英自己总结成绩的
时候，婆婆也在一边给她做另一种总结。她的总结，不是
算一算孟祥英采了多少菜，割了多少草，她的总结是"媳
妇越来越不像个媳妇样子了"。她的脑筋里，有个"媳妇
样子"，是这样：头上梳个笤帚把，下边两只粽子脚，沏
茶做饭、碾米磨面、端汤捧水、扫地抹桌……从早起倒尿
壶到晚上铺被子，时刻不离，唤着就到；见个生人，马上
躲开，要自己不宣传，外人一辈子也不知道自己还有个媳
妇。她自己年轻时候虽然也不全是这样，可是她觉着媳
妇总该是这样。她觉着孟祥英离这个"媳妇样子"越来越
远：头上盘了个圆盘子，两只脚一天比一天大，到外边爬
山过岭一天不落地，一个峧口村不够飞，还要飞到十里
外，不跟自己商量着有事瞒哄工作员，反把什么事都告工

作员说……她做着这个总结发了愁："怎么办呀！打不得，骂不得，管又管不住，卖又卖不了。眼看不是家里的人了！工作员成人家的亲爹了！"好几夜没有睡觉，才算想了个好办法——分家。

婆婆请牛差差做证，跟孟祥英分了家。家分的倒还公道（不公道怕孟祥英不愿分），孟祥英夫妇分得四亩平地四亩坡地，只是没有分粮食。据婆婆说："打得少，吃完了。"可是分开以后，丈夫又回婆婆家吃饭、睡觉，让孟祥英一个人走了个便宜。

九、孟祥英的影响出了村

分开家以后，除分了二斤萝卜条以外，只凭野菜度时光，过年时候没有一颗粮，借了合作社二斤米、五斤麦子、一斤盐。

区公所离这地方四五十里，工作上照顾不过来，得一个地方干部很不容易。像孟祥英这样一个自己能劳动又能推动别人的度荒能手，反落得被家里赶出来饿肚子，区妇救会觉着这一来太不近人情，二来也影响这地方的工作，因此向上级请准拨一点儿粮食帮助她，叫她在当地担任一部分区妇救会工作。

孟祥英在今年（一九四四）确实也有个区干部的作

用大：正月，大家选她为劳动英雄，来参加专署召开的劳动英雄大会。会后她回去路过太仓村，太仓妇救会主任要她讲领导妇女的经验，她说："遇事要讲明道理，亲自动手领着干，自己先来做模范。"接着就把她领导妇女们放脚、打柴、担水、采野菜、割白草等经验谈了许多。太仓妇救会主任学上她的办法，领导着村里妇女修了三里多水渠，开了十五亩荒地。二月十五，白芟村（离西峧口四十里）有个庙会，她在会上做宣传，许多村的妇女都称赞她的办法好。今年涉县七区妇女生产很积极，女劳动英雄特别多，有许多是受到孟祥英的影响才起来的。

说起她亲自做出来的成绩更出色：春天领导妇女锄麦子二百九十三亩，刨平地十二亩，坡地四十六亩。夏天打蝗虫，光割烧蝗虫的草，妇女们就割了一万八千斤。其余割麦子、串地、捞柴、剥楮条、打野菜……成绩多得很，不过这都在报上登过，我这里就不多谈了。

十、有人问

有人问：直到现在，孟祥英的丈夫和婆婆还跟孟祥英不对劲，究竟是为什么？怕她脚大了走路太稳当吗？怕她做活太多了他们没有做的吗？怕她把地刨虚了吗？怕她把蝗虫打断了种吗？怕她把树叶采光了吗？……

答：这些还没有见他母子们宣布。有人问：你对牛差差和孟祥英的婆婆、丈夫，都写得好像有点不恭敬，难道不许人家以后再转变吗？答：孟祥英今年才二十三岁，以后每年开劳动英雄会都要续写一回，谁变好谁变坏，你怕明年续写不上去吗？

一九四四年十二月

1945年

地　板 [①]

　　王家庄办理减租。有一天解决地主王老四和佃户们的租佃关系，按法令订过租约后，农会主席问王老四还有什么意见没有，王老四说："那是法令，我还有什么意见？"村长和他说："法令是按情理规定的。咱们不只要执行法令，还要打通思想！"王老四叹了口气说："老实说：思想我是打不通的！我的租是拿地板换的，为什么偏要叫我少得些才能算拉倒？我应该照顾佃户，佃户为什么不应该照顾我？我一大家人就是指那一点儿租来过活，大前年遭了旱灾，地租没有收一颗，把几颗余粮用了个光，弄得我一年顾不住一年，有谁来照顾我？为什么光该我照顾人？"农会主席给他解释了一会儿，区干部也给他解释了一会儿，都说粮食是劳力换的，不是地板换的。解释过后，问他想通了没有，他说："按法令减租，我没有什

―――――――――――

① 原载太行《文艺杂志》1 卷 2 期（1946 年 4 月 1 日出版）。

么话说；要我说理，我是不赞成你们说那理的。他拿劳力换，叫他把我的地板缴回来，他们到空中生产去！你们是提倡思想自由的，我这么想是我的自由，一千年也不能跟你们思想打通！"

小学教员王老三站起来面对着王老四讲道：老四！再不要提地板！不提地板不生气！你知道！我常家窑那地板都怎么样？从顶到凹，都是红土夹沙地，论亩数，老契上虽写的是荒山一处，可是听上世人说，自从租给人家老常他爷爷，十来年就开出三十多亩好地来；后来老王老孙来了，一个庄上安起三家人来，到老常这一辈三家种的地合起来已经够一顷了。论打粮食，不知道他们共能打多少，光给我出租，每年就是六十石。如今啦，不说六十石，谁可给我六升呢？

大前年除了日本人和姬镇魁的土匪部队扰乱，又遭了大旱灾，二伏都过了，天不下雨满地红。你知道吧！咱村二百多家人，死的死了，跑的跑了，七零八落丢下了三四十家。就在这时候，老常来找我借粮，说老王和老孙都饿得没了办法，领着家里人逃荒走了。后来老常饿死，他老婆领着孩子回了林县，这庄上就没有人了。——我想起来也很后悔，可该借给人家一点儿粮。

那年九月间，八路军来打鬼子的碉堡，咱不是还逃到常家窑吗？你可见来：前半年虽没有种上庄稼，后半年下了连阴雨，蒿可长得不低，那一片地也能藏住人。庄上的房子没人住了，牵牛花穿过窗里去，梁上有了碗口大的马蜂窝。那天晚上大家都困乏了，呼噜呼噜睡下一地，我可一夜也没有睡着。你想：我在咱本村里，就只有南墙外的三亩菜地，那中啥用？每年的吃穿花销，还都不是凭这常家窑的顷把地吗？眼见常家窑的地里，没有粮食光有蒿，我的心就凉了半截。

这年秋天，自然是一颗租子也没有人给。咱们这些家，是大手大脚过惯了的，"钟在寺院音在外"，撑起棚子来落不下：冬天出嫁闺女，回礼物，陪嫁妆，请亲戚，女婿认亲，搬九，哪一次也不愿丢了脸，抬脚动手都要花钱，几年来兵荒马乱，鬼子也要，姬镇魁也抢，你想能有几颗余粮？自己吃的是它，办事花的也是它，不几天差不多糟蹋光了。银钱是硬头货，虚棚子能撑几天？谷囤子麦囤子，一个一个都见了底，我有点胆寒，没等过了年就把打杂的、做饭的一齐都打发了。

七岁的孩子能吃不能干，你三嫂活了三四十岁也是个坐在炕上等饭的，我更是出门离马不行的人。这么三个人来过日子，不说生产，生的也做不成熟的。你三嫂做饭扫地就累坏了她，我喂喂马打个油买个菜也顾住了我，两个人一后晌铡不了两个干草，碾磨上还得雇零工。

过了年，接女婿住过了正月十五，囤底上的几颗粮食

李家庄的变迁

眼看扫不住了，我跟你三嫂着实发了愁。依我说就搬到常家窑去种我那地，你三嫂不愿意，她说三口人孤零零地去那里不放心。后来正月快过完了，别人都在地里送粪，我跟你三嫂说："要不咱就把咱那三亩菜地也种成庄稼吧？村边的好地，收成好一点儿，俭省一点儿，三亩地也差不多够咱这三口人吃。"她也同意。第二天，我去地里看了一下，辣子茄子秆都还在直撅撅地长着，我打算收拾一下就往地里送粪。

　　老弟！我把这事情小看了，谁知道种地真不是件简单的事！不信你试试！光几畦茄子秆耽误了一前晌：用镰削，削不下来；用斧砍，你从西边砍，它往东歪；用镢刨，一来根太深，二来枝枝碍事，刨不到根上。回家跑了三趟，拿了三件家具都不合适，后来想了个办法：用镢先把一边刨空了，搬倒，用脚踩住再用斧砍。弄了半晌还没有弄够一畦。邻家小刚，挑着箩头从地里回来，看见我两只手抡着斧剁茄根，笑得合不住口，羞得我不敢抬头。他笑完了，告我说不用那样弄，说着他就放下箩头拿起镢来刨给我看。奇怪！茄秆上的枝枝偏不碍他的事！哪一枝碰镢把，就把那一枝碰掉了。他给我做了个样子就刨了一畦，跟我半前晌做的一般多。他放下镢担起箩头来走了，我就照着他的样子刨。也行！也刨得起来了，只是人家一镢两镢就刨一颗，我五镢六镢也刨不下一棵来。刨了不几棵，两手上磨起两溜泡来，咬着牙刨到晌午才算刨完，吃了饭，胳膊腿一齐疼，直直睡了一后晌。

第二天准备送粪。我胳膊疼得不想去插（插是往驮子里装的意思。因为用锨插进粪里，才能把粪取起来，所以叫"插"），叫你三嫂去，这一下把她难住了。她给她娘守服，穿着白鞋。老弟！我说你可不要笑，你三嫂穿鞋，从新穿到破，底棱上也不准有一点儿黑，她怎么愿意去插粪呢？可是粪总得有人插，她也没理由推辞，只好拿着铁锨走进马圈里。她走得很慢，看准一个空子才敢往前挪一步，小心谨慎照顾她那一对白鞋，我在她背后看着也没有敢笑。往年往菜地里上的粪，都是打杂的从马圈里倒出来，捣碎了的；这一年把打杂的打发了，自然没人给捣。她拿着一张锨，立插插不下去，一平插就从上面滑过去了，反过锨来往回刮也刮不住多少，却不幸把她一对白鞋也埋住了。老弟！你不要笑！你猜她怎么样？她把锨一扔，三脚两步跑出马圈来，又是跺，又是蹾，又是用手绢擦，我在一旁忍不住笑出来。我越笑，她越气，擦了半天仍然有许多黄麻子点；看看手，已经磨起了一个泡来，气得她鼓嘟着嘴跑回去了。得罪了老婆，自然还得自己干，不过我也不比人家强多少，平插立插也都是一样插不上，后来用上气力尽在堆上撞，才撞起来些大片子。因为怕弄碎了不好插，就一片一片装进驮子里去。绝没有想起来这一下

李家庄的变迁

白搭了：备起马来没人抬——老婆才生了气，自然叫不出来，叫出来也没有用；邻居们也都不在家，干看没办法；后来在门口又等到小刚担粪回来，他抬得起我抬不起，还是不算话。两个人想了一会儿，他有了主意，把粪又倒出半驮，等抬上以后他又一锹一锹替我添满，这才算插出第一驮粪。这一下我又学了一样本领，第二驮我就不把驮子拿下来，只把马拴住往上插，地不够一百步远，一晌只能送三驮，因为插起来费事。

老弟！这么细细给你说，三天三夜也说不完，还是粗枝大叶告诉你吧！

粪送到地了，也下了雨，自己不会犁种，用个马工换了两个人工才算把谷种上。

村里牲口都叫敌人赶完了，全村连我的马才只有三个牲口。八路军来了，人家都组织起互助组，没牲口的都是人拉犁。也有人劝我加入互助组，我说我不会做活，人家说："你不能多做，少做一点儿，只要把牲口组织起来就行。"那时候我的脑筋不开，我怕把牲口组织进去给大家支差，就问人家能不能不参加。人家说是自愿的才行，我说："那我不自愿。"隔了不几天，人也没吃的了，马也没有一颗料，瘦干了，就干脆卖了马养起人来了。谷苗出得很不赖，可惜锄不出来。我跟你三嫂天天去锄，好像尽管锄也只是那么一大片，在北头锄了这院子大一片，南头的草长起来就找不见苗了。四面地邻也都种的是谷，这一年是丰收年，人家四面的谷都长够一人高，我那三亩地夹在中间，好像个长方池子。到了秋收时候，北头锄出来那一小片，比起四邻的自然不如，不过长得还像个谷，穗也秀得不大不小，可惜片子太小了。南头太不像话，最高的一层是蒿，第二层是沙蓬，靠地的一层是抓地草。在这些草里也能寻着一些谷：秀了穗的，大的像猪尾巴，小的像纸烟头，高的挂在蒿秆上，低的钻进沙蓬里；没秀穗的，跟抓地草锈成一片，活着的像马鬃，死了的像鱼刺，三亩地打了五斗。老弟！光我那一圈马粪也不止卖五斗谷吧？我跟你三嫂连马工贴上，一年才落下这点收成，要不连这五斗谷也打不上。这一年，人家都是丰年，我是歉年，收完秋就没有吃的了。

村里人都打下两颗粮食了，就想叫小孩子们识几个字，叫干部来跟我商量拨工——他们给我种那三亩地，我给他们教孩子。我自然很愿意，可惜马上就没有吃的。村里人倒很大方，愿意管我饭，又愿意给你三嫂借一部分粮，来年给我种地还不用我管饭。这一下把我的困难全部解决了，我自然很高兴，马上就开了学。

这是前年冬天的事。去年就这样拨了一年工，还是那三亩地，还种的是谷，到秋天打了八石五。老弟！你看看人家这本领大不大？我虽是四十多的人了，这本领我非学

李家庄的变迁

不可！今年村里给学校拨了二亩公地，叫学生们每天练习一会儿生产啦！我也参加到学生组里，跟小孩们学习学习。我觉着这才是走遍天下饿不死的真正本领啦！

弟！在以前我也跟你想的一样，觉着我这轿上来马上去，遇事都要耍个排场，都是凭地板啦，现在才知道是凭人家老常老孙啦！唉，真不该叫把人家老常饿死了来！我看我常家窑那顷把地不行了，地广人稀，虽然有些新来的没地户，可是汽车路两旁的好地还长着蒿啦，谁还去种山地？再迟二年，地边一塌，还不是又变成"荒山一处"了吗！

老弟！再不要跟人家说地板能换粮食。地板什么也不能换，我那三亩菜地，地板不比你的赖，劳力不行了，打的还不够粪钱；常家窑那顷把红土夹沙地，地板也不赖，没有人只能长蒿，想当柴烧还得亲自去割，雇人割回来，不比买柴便宜。

老弟！人家农会主席跟区上的同志说得一点儿也不差，粮食确确实实是劳力换的，不信你今年自己种上二亩去试试！

李家庄的变迁 [1]

一

李家庄有座龙王庙，看庙的叫"老宋"。老宋原来也有名字 [2]，可是因为他的年纪老，谁也不提他的名字 [3]；又因为他的地位低，谁也不加什么称呼，不论白胡老汉，不论才会说话的小孩，大家一致都叫他"老宋"。

抗战以前的八九年，这龙王庙也办祭祀，也算村公所；修德堂东家李如珍是村长也是社首，因此老宋也有两份差 [4]——是村警也是庙管。

庙里挂着一口钟，老宋最喜欢听见钟响。打这钟也

---

[1] 本篇于 1946 年 1 月由华北新华书店出版，标明"通俗小说"。本书据人民文学出版社 1951 年"中国人民文艺丛书"版。

[2] "字"，原版作"子"。

[3] "字"，原版作"子"。

[4] "差"，原版作"差事"。

李家庄的变迁

有两种意思：若是只打三声——往往是老宋亲自打，就是有人敬神；若是不住①乱打，就是有人说理。有人敬神，老宋可以吃上②一份献供；有人说理，老宋可以吃一份烙饼。

一天，老宋正做早饭，听见庙门响了一声，接着就听见那口钟当当当地③响起来。隔着竹帘子④看，打钟的是本村的教书先生春喜。

春喜⑤，就是本村人，官名李耀唐，是修德堂东家的本家侄儿。前几年老宋叫春喜就是"春喜"，这会儿春喜已经二十好几岁了，又在中学毕过业，又在本村教小学，因此也叫不得"春喜"了。可是一个将近六十岁的老汉，把他亲眼看着长大了的年轻后生硬叫成"先生"，也有点不好意思。老宋看见打钟的是他，一时虽想不起该叫他什么，可是也急忙迎出来，等他打罢了钟，向他招呼道："屋里坐吧！你跟谁有什么事了？"

春喜对他这招待好像没有看见，一声不吭走进屋里向他下命令道："你去报告村长，就说铁锁把我的桑树砍了，看几时给我说！"老宋去了。等了一会儿，老宋回来

---

① "不住"，原版作"当当"。
② "上"，原版缺。
③ "地"，原版缺。
④ "子"原版作"一"。
⑤ "春喜"前，原版有"这"。

说："村长还没有起来。村长说今天晌午开会。"春喜说："好！"说了站起来，头也不回就走了。

　　老宋把饭做成，盛在一个串门大碗①里，端在手里，走出庙来，回手锁住庙门，去通知各项办公人员和事主。他一边吃饭一边找人，饭吃完了人也找遍了，最后走到福顺昌杂货铺，通知了掌柜王安福，又取了二十斤白面回庙里去。这二十斤面，是准备开会时候做烙饼用的。从前没有村公所的时候，村里人有了事是请社首说理。说的时候不论是社首、原被事主②、证人、庙管、帮忙，每人吃一斤面烙饼，赶到说完了，原被事主，有理的摊四成，没理的摊六成。民国以来，又成立了村公所：后来阎锡山③巧立名目④，又成立了息讼会，不论怎样改，在李家庄只是旧规添上新规，在说理方面，只是烙饼增加了几份——除社首、事主、证人、帮忙以外，再加上村长副、闾邻长⑤、调解员等每人一份。

---

① 串门大碗，即一碗可以吃饱的大碗。——作者原注。
② 原被事主，即原告被告。事主，当事人。
③ 阎锡山（1883—1960），山西五台人，字伯川，早年入日本士官学校留学、辛亥革命时被举为山西都督，从此长期盘踞山西，成为拥据一省的地方军阀。1949 年 4 月太原解放前夕，逃到南京、广州，后病死于台湾。
④ "巧立名目"，原版作"整理村范"。
⑤ 闾邻，阎锡山实行"村本政治"时所设立，每邻管五户，五邻为一闾。邻有邻长。

李家庄的变迁

到了晌午，饼也烙成了，人也都来了，有个社首叫小毛的，先给大家派烙饼——修德堂东家李如珍是村长又是社首，李春喜是教员又是事主，照例是两份，其余凡是顶两个名目的也都照例是两份，只有一个名目的照例是一份。不过也有不同，像老宋，他虽然也是村警兼庙管，却照例又只能得一份。小毛自己虽是一份，可是村长照例只吃一碗鸡蛋炒过的，其余照例是小毛拿回去了。照例还得余三两份，因为怕半路来了什么照例该吃空份子的人。

吃过了饼，桌子并起来了，村长坐在正位上，调解员是福顺昌掌柜王安福，靠着村长坐下，其余的人也都依次坐下。小毛说："开腔吧，先生！你的原告，你先说！"

春喜说："好，我就先说！"说着把椅子往前一挪，两只手互相把袖口往上一摸，把脊梁骨挺得直撅撅地说道："张铁锁的南墙外有我一个破茅厕……"

铁锁插嘴道："你的？"李如珍喝道："干什么？一点儿规矩也不懂！问你时候你再说！"回头又用嘴指了指春喜："说吧！"春喜接着道："茅厕旁边有棵小桑树，每年的桑叶简直轮不着我自己摘，一出来芽就有人摘了。昨天太阳快落的时候，我家里①去这桑树下摘叶，张铁锁女人说是偷他们的桑叶，硬拦住不叫走，恰好我放学回去碰

———————————

① "家里"后，原版有"（老婆）"。

上，说了她①几句，她才算丢开手。本来我想去找张铁锁，叫他管教②他女人，后来一想，些小事走开算了，何必跟她一般计较，因此也没有去找他。今天早上我一出门，看见桑树不在了，我就先去找铁锁。一进门我说：'铁锁！谁把茅厕③边那小桑树砍了？'他老婆说：'我！'我说：'你为什么砍我的桑树？'她说：'你的？你去打听打听是谁的！'我想我的东西还要去打听别人？因此我就打了钟，来请大家给我问问他。我说完了，叫他说吧！看他指什么砍树。"

李如珍用嘴指了一下铁锁："张铁锁！你说吧！你为什么砍人家的树？"铁锁道："怎么你也说是他的树？"李如珍道："我还没有问你你就先要问我啦是不是？你们这些外路人实在没有规矩！来了两三辈了还是不服教化！"小毛也教训铁锁道："你说你的理就对了，为什么先要跟村长顶嘴？"铁锁道："对对对，我说我的理：这棵桑树也不是我栽的，是它自己出的，不过长在我的茅厕④墙边，总是我的吧？可是哪一年也轮不到我摘叶子，早早地就被人家偷光了……"

---

① "她"，原版作"他"。
② "管教"，原版作"管教管教"。
③ "厕"，原版缺。
④ "厕"，原版缺。

李家庄的变迁

李如珍道:"简单些!不要拉那么远!"铁锁道:"他拉得也不近!"小毛道:"又顶起来了!你是来说理来了呀,是来顶村长来了?"铁锁道:"你们为什么不叫我说话?"

福顺昌掌柜王安福道:"算了算了!怨咱们说①不了事情。我看双方的争执在这里,就是这茅厕究竟该属谁。我看这样子吧,耀唐②!你说这茅厕是你的,你有什么凭据?"

春喜道:"我那是祖业,还有什么凭据?"王安福又向铁锁道:"铁锁你啦?你有什么凭据?"

铁锁道:"连院子带茅厕,都是他爷爷手卖给我爷爷的,我有契纸③。"说着从怀里取出契纸来递给王安福。

大家都围拢着看契,李如珍却只看着春喜。春喜道:"大家看吧!看他契上是一个茅厕呀,是两个茅厕!"铁锁道:"那上边自然是一个!俺如今用的那个,谁不知道是俺爹新打的?"

李如珍道:"不是凭你的嘴硬啦!你记得记不得?"铁锁道:"那是三十年前的事,我才二十岁,自然记不得。可是村里上年纪的人多啦!咱们请出几位来打听一下!"李如珍道:"怕你嘴硬啦?还用请人?我倒五十多了,可

---

① "怨咱们说",原版作"吵嘴解决"。
② "耀唐"后,原版有"(就是春喜)"。
③ 契纸,买卖房地产的契约,也是所有权的凭证。也叫契。

是我就记不得！"

小毛道："我也四十多了，自我记事，那里就是两个茅厕！"铁锁道："小毛叔！咱们说话都要凭良心呀！"李如珍翻起白眼向铁锁道："照你说是大家搭伙诬你啦，是不是？"铁锁知道李如珍快撒野了，心里有点慌，只得说道："那我也不敢那么说！"

窗外有个女人抢着叫道："为什么不敢说？就是搭伙诬人啦！"只见铁锁的老婆二妞噔噔噔跑进来，一手抱着个孩子，一手指画着，大声说道："你们五十多的记不得，四十多的记得就是两个茅厕，难道村里再没有上年纪的人，就丢下你们两个了？……"

李如珍把桌子一拍道："混蛋！这样无法无天的东西！滚出去！老宋！撵出她！"

二妞道："撵我呀？贼是我捉的，树也是我砍的，为什么不叫我说话？"

李如珍道："叫你来没有？"二妞道："你们为什么不叫我？哪有这说理不叫正头事主的？"小毛道："家有千口，主事一人。有你男人在场，叫你做什么？走吧走吧！"说着就往外推她。二妞把小毛的手一拨道："不行！不是凭你的力气大啦！贼是我捉的，树是我砍的！谁杀人谁偿命！该犯什么罪我都领，不要连累了我的男人。"

在窗外听话的人越挤越多，都暗暗点头，还有些人交

李家庄的变迁

头接耳说："二妞说话把得住理①！"

正议论间，又从庙门外走进个人来，有二十多岁年纪，披着一头短发，穿了件青缎夹马褂，手里提了根藤条手杖。人们一见他，跟走路碰上蛇一样，不约而同都吸了一口冷气，给他让开了一条路。这人叫小喜，官名叫继唐②，也是李如珍的本家侄子，当年也是中学毕业，后来吸上了金丹③，就常和邻近的光棍们来往，当人贩、卖寡妇、贩金丹、挑词讼……无所不为，这时又投上三爷的门子，因为三爷是阎锡山的秘书长的堂弟，小喜抱上这条粗腿，更是威风凛凛，无人不怕。他一进去，正碰着二妞说话，便对二妞发话道："什么东西叽叽喳喳的！"

除了村长是小喜的叔父，别的人都站起来赔着笑脸招呼小喜，可是二妞偏不挨他的骂，就顶他道："你管得着？你是公所的什么人？谁请的你？"

二妞话没落音，小喜劈头就是一棍道："滚你妈的远远的！反了你！草灰羔子！"

小毛拦道："继唐④！不要跟她一般计较！"又向二妞道："你还不快走？"

---

① "把得住理"，原版作"把理"。
② "官名叫继唐"，原版缺此句。
③ 金丹，用鸦片海洛因混合研制成的药丸。毒品。
④ "继唐"后，原版有"（小喜的官名）"。

二妞并不哭，也不走，挺起胸膛向小喜道："你杀了我吧！"

小喜抡转棍子狠狠又在二妞背上打了两棍道："杀了你又有什么事？"把小孩子的胳膊也打痛了，小孩子大哭起来。

窗外边的人见势头不对，跑进去把二妞拉出来了。二妞仍不服软，仍回头向里边道："只有你们活的了！外来户还有命啦？"别的人低声劝道："少说上句吧！这时候还说什么理？你还占得了他的便宜呀？"

村长在里边发话道："闲人一概①出去！都在外边乱什么？"小毛揭起帘子道："你们就没有看见庙门上的虎头牌吗？'公所重地，闲人免进。'你们乱什么？出去！"窗外的人们也只得掩护二妞走出去。小毛见众人退出，赶紧回头招呼小喜："歇歇，继唐！老宋！饼还热不热了？"

老宋端过一盘烙饼来道："放在火边来，还不很冷！"说着很小心地②放在小喜跟前。

小喜也不谦让，抓起饼子吃着，连吃带说："我才从三爷那里回来。三爷托我给他买一张好条几，不知道村里有没有？"

小毛道："回头打听一下看吧，也许有！"李如珍道：

────────────

① "概"，原版作"同"。
② "很小心地"，原版作"恭恭敬敬"。

"三爷那里很忙吗？""忙，"小喜嘴里嚼着饼子，连连点头说，"事情实在多！三爷也是不想管，可是大家找得不行！凡是县政府管不了的事，差不多都找到三爷那里去了。"老宋又端着汤来，小喜接过来喝了两口，忽然看见铁锁，就放下碗向铁锁道："铁锁！你那女人你可得好好管教管教啦！你看那像个什么样子？叽叽喳喳，一点儿也不识羞！就不怕别人笑话？"

铁锁想："打了我老婆，还要来教训我，这成什么世界？"可是势头不对，说不得理，也只好不作声。

停了一会儿，小喜的汤也快喝完了，饼子还没有吃到三分之一。福顺昌掌柜王安福向大家提道："咱们还是说正事吧！"

小喜站起来道："你们说吧！我也摸不着，我还要给三爷买条几去！"小毛道："吃了再去吧！"小喜把盘里的饼一卷，捏在手里道："好，我就拿上！"说罢，拿着饼子，提起他的藤条手杖，匆匆忙忙地走了。王安福接着道："铁锁！你说你现在用的那个茅厕是你父亲后来打的，能找下证人不能？"铁锁道："怎么不能？你怕俺邻家陈修福老汉记不得啦？"春喜道："他不行！一来他跟你都是林县人，再者他是你女人的爷爷，是你的老丈爷，那还不是只替你说话？"铁锁道："咱就不找他！找杨三奎吧？那可是本地人！"春喜道："那也不行！白狗是你的小舅，订的是杨三奎的闺女，那也有亲戚关系。"

铁锁道："这你难不住我！咱村的老年人多啦！"随手指老宋道："老宋也五六十岁了，跟我没有什么亲戚关系吧？"

小毛拦道："老宋他是个穷看庙的，他知道什么？你叫他说说他敢当证人不敢？老宋！你知道不知道？"

老宋自然记得，可是他若说句公道话，这个庙就住不成了，因此他只好推开："咱从小是个穷人，一天只顾弄着吃，什么闲事也不留心。"

李如珍道："有契就凭契！契上写一个不能要人家两个，还要找什么证人？村里老年人虽然多，人家谁也不是给你管家务的！"

小毛道："是这样吧！我看咱们还是背场谈谈吧！这样子结不住口。"大家似乎同意，有些人就漫散开来交换意见。小毛跟村长还有春喜互相捏弄了一会儿手码，王安福也跟间邻长们谈了一谈事情的真相。后来小毛走到王安福跟前道："这样吧！他们的意思，叫铁锁包赔出这么个钱来！"

说着把袖口对住王安福的袖口一捏，接着道："你看怎么样？"王安福悄悄道："说真理，他们卖给人家就是

李家庄的变迁

这个茅厕呀！人家用的那一个，真是他爹^①老张木匠^②在世时候打的。我想这你也该记得！"小毛道："那不论记得不记得，那样顶真，得罪的人就多了。你想：村长、春喜，意思都是叫他包赔几个钱。还有小喜，不说铁锁，我也惹不起人家呀！"

王安福没有答话，只是摇头。间邻长们也不敢做什么主张，都是看看王安福，看看村长，看看小毛，直到天黑也没说个结果，就都回家吃饭去了。

晚上，老宋又到各家叫人，福顺昌掌柜王安福说是病了，没有去。其余的人，也有去的，也有不去的。大家在庙里闷了一会儿，村长下了断语：茅厕是春喜的，铁锁砍了桑树包出二百块现洋^③来，吃烙饼和开会的费用都由铁锁担任，叫铁锁讨保出庙。

二

陈修福老汉当保人，保证铁锁一月以后还钱，才算放铁锁出了庙。铁锁气得抬不起头来，修福老汉拉着胳膊把他送到家。他一回去，一头睡在床上放声大哭，二妞问

———————————

① "他爹"，原版作"人家"。
② "老张木匠"后，原版有"（铁锁的爹）"。
③ "现洋"，原版作"钱"，"来"后加"（现洋）"。

他，他也说不出话来，修福老汉也劝不住。一会儿，邻家们也都听见了，都跑来问询，铁锁仍哭得说^①不出话来，修福老汉才把村公所处理的结果一件件告诉大家说："茅厕说成人家的了，还叫包人家二百块现洋，再担任开会的花费。"铁锁听老汉又提起来，哭得更喘不过气来，邻家们人人摇头，二妞听了道："他们说得倒体面！"咕咚一声把孩子放在铁锁跟前道："给你孩子，这事你不用管！钱给他出不成！茅厕也给他丢不成！事情是我闯的，就是他，就是我！滚到哪里算哪里，反正是不得好活！"一边说，一边跳下床就往外跑，邻家们七八个人才算把她拖住。小孩在床上直着嗓子号，修福老汉赶紧抱起来。

大家分头解劝，劝得二妞暂息了怒；铁锁也止住了哭。杨三奎向修福老汉道："太欺人！不只你们外路人，就是本地人也活不了。你看村里一年出多少事，哪一场事不是由着人家捏弄啦？实在没法！"

内中有个叫冷元的小伙子跳起来叫道："铁锁！到那个崖头路边等住他，你不敢一镢头把他搗下沟里？"

杨三奎道："你们年轻人真不识火色^②！人家正在气头上啦，说那些冒失话抵什么事？"说得冷元又蹲下去

---

① "说"后，原版有"他"。
② 不识火色，即不识时机的意思。——作者原注。（编者：原版注释加在正文后）

了。年轻人们指着冷元笑道："冷家伙，冷家伙！"

闷了一小会儿，修福老汉道："我看可以上告他！就是到县里把官司打输了，也要比这样子了场合算。"

杨三奎道："那倒可以！到县里他总不能只说一面理，至少也要问一问证人。"

冷元道："这事真气死人！可惜我年纪小记不得，要不我情愿给你当证人！"

杨三奎道："你年纪小，有大的！"有几个三四十岁的人七嘴八舌接着说："铁锁他爹打茅厕这才几天呀？三十以上的人差不多都记得！""你状上写谁算谁，谁也可以给你证明。""多写上几个！哪怕咱都去啦！"

二妞向铁锁道："胖孩爹！咱就到县里再跟他滚一场！任凭把家当花完也不能便宜了他们爷们！"又向修福老汉道："爷爷！你不是常说咱们来的时候都是一筐一担来的吗？败兴到底咱也不过一筐一担担着走，还落个够大！怕什么？"

正说话间，二妞的十来岁的小弟弟白狗，跑进来叫道："姐姐！妈来了！"二妞正起来去接，她妈已经进来了。她妈悄悄说："你们正说什么？"冷元抢着大声道："说告状！"二妞她妈摆手道："人家春喜媳妇在窗外听啦！"大家都向窗上看。二妞道："听她听罢，她能堵住我告状？"大家听说有人听，也就不多说了，都向二妞她妈说："你好好劝劝她吧。"说着也就慢慢散去。

李如珍叔侄们回去，另是一番气象：春喜、小喜、小毛，都集中在李如珍的大院里，把黑漆大门关起来庆祝胜利。晌午吃过烙饼，肚子都很不饿，因此春喜也就不再备饭，只破费了十块现洋买了一排金丹棒子①作为礼物。

李如珍的太谷烟灯和宜兴磁烟斗，除了小毛打发他过了瘾以后可以吸口烟灰，别人是不能借用的，因此春喜也把他自己的烟家伙拿来。李如珍住的屋子分为里外间，里间的一盏灯下，是小毛给李如珍打泡，外间的一盏灯下，睡的是春喜和小喜弟兄两个。里间不热闹，因为李如珍觉着小毛只配烧烟，小毛也不敢把自己身份估得过高，也还有些拘束，因此就谈不起话来。小毛把金丹棒子往斗上黏一个，李如珍吸一个，一连吸了七八个以后，小毛把斗里烟灰挖出，重新再往上黏。又吸了七八个，小毛又把灰挖出来，把两次的灰合并起来烧着，李如珍便睡着了。等到小毛打好了泡，上在斗上，把烟枪杆向他口边一靠，他才如梦初醒，衔住烟枪杆吸起来。外间的一盏灯下虽然也只有小喜和春喜两个人，可是比里间热闹得多。他们谈话的材料很多：起先谈的是三爷怎样阔气，怎样厉害；后来又谈到谁家闺女漂亮，哪个媳妇可以；最后才谈到本天

① 一排金丹棒子有五十个。——作者原注。（编者：原版注释加在正文后）

的胜利。他们谈起二妞，春喜说："你今天那几棍打得真得劲！我正想不出办法来对付她，你一进去就把事情解决了。"小喜道："什么病要吃什么药！咱们连个草灰媳妇也斗不了，以后还怎么往前闯啦？老哥！你真干不了！我看你也只能教一辈子书。"春喜道："虽说是个草灰媳妇，倒是个有本领的。很精干！"小喜摇头道："嘘……我说你怎么应付不了她，原来是你看到眼里了呀？"说着用烟签指着春喜鼻子道："叫老嫂听见怕不得跪半夜啦？没出息没出息！没有见过东西！一个小母草灰就把你迷住了！"春喜急得要分辩，也找不着一句适当的话。小喜把头挺在枕头后边哈哈大笑起来，春喜没法，也只好跟着他笑成一团。就在这时，李如珍在里间喊道："悄悄！听听是谁打门啦！"他两个人听说，都停住了笑，果然又听得门环拍拍地①连响了几声。小毛跑出院里问道："谁？"外边一个女人声音答道："我！开开吧！"小喜听出是春喜媳妇的声音，又向春喜道："真是老嫂找来了！"小毛开了门，春喜媳妇进来了。春喜问："什么事？"春喜媳妇低声道："你去听听人家二妞在家说什么啦？"一提二妞，小喜又指着春喜大笑起来，春喜也跟着笑。春喜媳妇摸不着头脑，忙问："笑什么？"小喜道："这里有个谜儿，你且不

---

① "地"，原版缺。

用问。你先说说你听见二妞说什么来？"春喜媳妇坐在小喜背后，两肘按①着小喜的腰，面对着春喜，把冷元怎样说冒失话，二妞怎样说要破全部家当到县里告状，详详细细谈了一遍。春喜还未答话，小喜用手一推道："回去吧回去吧！没有事！她告到县里咬得了谁半截？到崖头上等，问问他哪个是有种的？"春喜也叫他媳妇回去，媳妇走了。小毛又去把大门关住，小喜仍然吹他的大话。

李如珍在里间拉长了声音轻轻叫道："喜——！来——！"小喜进去了。小毛一见小喜，赶紧起来让开铺子叫他躺，自己坐到床边一个凳子上，听他们谈什么事。李如珍看了小毛一眼，随手拈起三四个金丹棒子递给他道："你且到外边躺一会儿。"小毛见人家不叫他听，也只好接住棒子往②外间来吸。

小毛吸了第一遍，正烧着灰，小喜就出来了。他一见小喜出来，自然又不得不起来再让小喜躺下。小喜向春喜道："老哥！叔叔说那东西真要想去告状还不能不理。"小毛站在一边接话道："那咱也得想个办法呀！"小喜见小毛还在旁边，后悔自己不该说了句软话，就赶紧摆足架子答道："那自然有办法！"春喜道："扯淡！一个小土包子，到县里有他的便宜呀？"小喜看了小毛一眼道："你还到

---

① "按"，原版作"托"。
② "往"，原版作"到"。

里边去吧！"小毛又只得拿上他的金丹灰回里间去。小喜等他去后，低声向春喜道："自然不是怕官司上吃了他的亏！叔叔说不可叫他开这个端。不论他告得准告不准，旁人说起来，一个林县草灰告过咱一状，那总是一件丢脸的事。"春喜道："那咱也不能托人去留他呀？"小喜道："什么东西？还值得跟他那样客气？想个法叫他告不成就完了！"春喜道："想个什么法？"小喜道："不怕！有三爷！明天一早我就找三爷去。"

这天晚上，也不知他们吸到什么时候才散。第二天早上小喜去找三爷去；铁锁忙着借钱准备告状。阴历四月①庄稼人一来很忙，二来手头都没有钱，铁锁跑来跑去，直跑到晌午，东一块，西五毛，好容易才凑了四五块现洋。二妞在家也忙着磨面蒸窝窝，给铁锁准备进城的干粮。

晌午，铁锁和二妞正在家吃饭，小喜领了一个人进来，拿着绳，把铁锁的碗夺了，捆起来。二妞道："做什么！他又犯下什么罪了？"小喜道："不用问！也跑不了你！"说着把二妞的孩子夺过来丢在地上，把二妞也捆起来。村里人正坐在十字街口吃饭，见小喜和一个陌生的人拿着绳子往铁锁院里去，知道没有好事。杨三奎、修福老汉、冷元……这几个铁锁的近邻，就跟着去看动静。他们

———————————

①"四月"后，原版有"天"。

看见已经把铁锁两口捆起来，小孩子趴在地上哭，正预备问问为什么，只见小喜又用小棍子指着冷元道："也有他！捆上捆上！"那个陌生人就也把冷元捆住。

两个人牵着三个人往外走，修福老汉抱起小孩和大家都跟了出来。街上的人，有几个①胆小的怕连累自己，都走开了；其余的人跟在后面，也都想不出挽救的办法。二妞的爹娘和兄弟、冷元的爹娘也②半路追上来跟着走。大家见小喜和他引来那个人满脸凶气，都搭不上茬③，只有修福老汉和冷元的爹绕着小喜，一边走，一边苦苦哀求。

小喜把人带到庙里，向老宋道："请村长去！"老宋奉命去了。修福老汉央告小喜道："继唐！咱们都是个邻居，我想也没有什么过不去的事。他们年轻人有什么言差语错，还得请你高高手，担待着些。"小喜道："这事你也清楚！他们一伙人定计，要到崖头路边谋害村长。村长知道了，打发我去找三爷。我跟三爷一说，三爷说：'这是响马④举动，先把他们捆来再说！'听说人还多，到那里一审你怕不知道还有谁啦？"

---

① "有几个"，原版缺。
② "也"，原版作"却"。
③ "都搭不上茬"，原版作"都不敢来问"。
④ 响马，旧时称在路上抢劫旅客的强盗，因抢劫时先放响箭而得名。

李家庄的变迁

二妞听了道："我捉了一回贼就捉出事来了，连我自己也成了响马了！看我杀了谁了，抢了谁了？"

小喜道："你听！硬响马！我看你硬到几时？"修福老汉道："这闺女！少说上句吧！"李如珍来了，小毛也跟在后边。小喜向李如珍道："三爷说先把人捆去再说。你先拨几个保卫团①丁送他们走。"修福老汉看见事情急了，把孩子递给他孙孙白狗，拉了小毛一把道：

"我跟你说句话！"小毛跟他走到大门外，他向小毛道："麻烦你去跟村长跟小喜商量一下，看这事情还能在村里了一了不能？"小毛素日也摸得着小喜的脾气，知道他有钱万事休，再者如能来村里再说一场，不论能到底不能到底，自己也落不了空，至少总能吃些东西，就满口应承道："可以！我去给你探探口气！自然我也跟大家一样，只愿咱村里没事。"说着就跑到小喜面前道："继唐！来我跟你说句话！"小喜道："说吧！"小毛又点头道："来！这里！"小喜故意装成很不愿意的样子，跟着小毛走进龙王殿去。

白狗抱着小胖孩站在二妞旁边，小胖孩伸着两只小手向二妞扑。二妞预备去摸他，一动手才想起手被人家反绑着，随着就瞪了瞪眼道："摔死他！要死死个干净！"

———————————

① 保卫团，即防共保卫团。

口里虽是这么说着，眼里却滚下泪来，二妞她娘看见很伤心，一边哭一边给二妞揩^①泪。

小喜从龙王殿出来道："我看说不成！他们这些野草灰不见丧不掉^②泪，非弄到他们那地方不行！"小毛在后边跟着道："不要紧，咱慢慢说！山不转路转^③，没有说不倒的事！村长！走吧，咱们跟继唐到你那里谈一谈！"小喜吩咐他带来的那个人道："你看着他们，说不好还要带他们走！"说罢同村长先走了。

小毛悄悄向修福老汉道："得先买两排棒子！"修福老汉道："我不知道哪里有卖的。"小毛道："拿二十块现洋就行，我替你买去！"修福老汉和冷元他爹齐声道："可以，托你吧！"小毛随着村长和小喜去了。

小喜说二爷那里每人得花一百五十块现洋，三个人共是四百五十块现洋。一边讨价一边还价，小毛也做巫婆也做鬼，里边跑跑外边走走，直到晚饭时候才结了口——三爷那边，三个人共出一百五十块现洋。给小喜和^④引来的那个人五十块现洋小费。铁锁和冷元两家摆酒席请客赔罪，具保状永保村长的安全。前案不动，还照昨天村公所

---

① "揩"，原版作"擦"。
② "掉"，原版作"吊"。
③ "山不转路转"，原版作"转不动上扇转下扇"。
④ "和"后，原版有"他"。

处理的那样子了结。

　　定死了数目，小毛说一个①不能再少了。修福老汉到庙里去跟铁锁商量，铁锁自己知道翻不过了，也只好自认霉气。二妞起先不服，后来也想不出什么办法，只好不再做主张。冷元也只是为了铁锁的事说了句淡话，钱还得铁锁出，因此也没有什么意见。修福老汉见他们应允了，才去找杨三奎和自己两个人作保，把他们三个人保出。

　　这一次保出来和上一次不同，春喜的钱能迟一个月，小喜却非带现钱不可。铁锁托修福老汉和杨三奎到福顺昌借钱，王安福老汉说柜上要收茧，没有钱出放，零的可以，上一百元就不行。杨三奎向修福老汉道："福顺昌不行，村里再没有道路，那就只好再找小毛，叫他去跟小喜商量，就借六太爷那钱吧！"修福老汉道："使上二百块那个钱，可就把铁锁那一点儿家当挑拆了呀！"杨三奎道："那再没办法，反正这一关总得过。"修福老汉又去跟铁锁商量去。原来这六太爷是三爷的堂叔。他这放债与别家不同：利钱是月三分，两个月期满，本利全归。这种高利，在从前也是平常事，特别与人不同的是他的使钱和还钱的手续；领着他的钱在外边出放的经手人，就是小喜这一类人，叫作"承还保人"。使别人的钱，到期没钱，不

_____

① "一个"后，原版有"也"。

过是照着文书下房下地，他这文书上写的是"到期本利不齐者，由承还保人做主将所质之产业变卖归还"，因此他虽没有下过人的地，可是谁也短不下他的钱。小喜这类人往外放钱的时候是八当十，文书上写一百元，实际上只能使八十元，他们从中抽使二十元。"八当十，三分利，两个月一期，到期本利还清，想再使又是八当十，还不了钱由承还保人变卖产业"，这就是六太爷放债的规矩。这种钱除了停尸在地或命在旦夕非钱不行时候，差不多没人敢使，铁锁这会儿就遇了这样个非使不行。

修福老汉跟铁锁一商量，铁锁也再想不出别的办法，只好托小毛去央告小喜，把他爷他爹受了两辈子买下的十五亩地写在文书上，使了六太爷二百五十块钱（实二百块），才算把三爷跟小喜这一头顾住。两次吃的面、酒席钱、金丹棒子钱，一共三十元，是在福顺昌借的。

第三天，请过了客，才算把这场事情结束了。铁锁欠春喜二百元，欠六太爷二百五十元，欠福顺昌三十元，总共是四百八十元外债。小喜在八当十里抽了五十元，又得了五十元小费。他引来那个捆人的人，是两块钱雇的，除开了那两块，实际上得了九十八元。李如珍也不落空：小喜说三爷那里少不了一百五十元，实际上只缴[①]三爷一百

---

① "缴"。原版有"了"。

元，其余五十一元归了李如珍。小毛只跟着吃了两天好饭，过了两天足瘾。

一月之后，蚕也老了，麦也熟了，铁锁包春喜的二百元钱也到期了，欠福顺昌的三十元也该还了，使六太爷的二百五十元铁锁也觉着后怕了。他想："背利不如早变产，再迟半年，就把产业全卖了也不够六太爷一户的。"主意一定，咬一咬牙关，先把茧给了福顺昌，又粜了两石麦子把福顺昌的三十元找清；又把地卖给李如珍十亩，还了六太爷的二百五十元八当十；把自己住的一院房子给了春喜，又贴了春喜三石麦抵住二百元钱，自己搬到院门外碾道边一座喂过牲口的房子里去住：这样一来，只剩下五亩地和一座喂过牲口的房子。春喜因为弟兄们多，分到的房子不宽绰，如今得了铁锁这座院子，自是满心欢喜，便雇匠人补檐头、扎仰尘、粉墙壁、添^①门面，不几天把个院子修理得十分雅致。修理好了便和自己的老婆搬到里边去住。铁锁啦？搬到那座喂过牲口的房子里，光锄头犁耙、缸盆瓦罐、锅匙碗筷、箩头筐子……就把三间房子占去了两间，其余一间，中间一个驴槽，槽前修锅台，槽上搭床铺，挤得连水缸也放不下。

铁锁就住在这种房子里，每天起来看看对面的新漆

---

① "添"字，原版作"漆"。

大门和金字牌匾，如何能不气？不几天他便得了病，一病几个月，吃药也无效。俗语①说："心病还须心药治。"后来三爷上了太原，小喜春喜都跟着去了。有人说："县里有一百多户联名告了一状，省城把他们捉②去了。"有人说："三爷的哥哥是阎锡山的秘书长，是一人之下万人之上的官，听说他在家闹得不像话，把他叫到省城关起来了。"不论怎么说，都说与三爷不利。铁锁听了这消息，心里觉着痛快了一下，病也就慢慢好起来了。

三

铁锁自从变了产害过病以后，日子过得一天不如一天，幸而他自幼跟着他父亲学过木匠和泥水匠，虽然没有领过工，可是给别人做个帮手，也还是个把式，因此他就只好背了家具到外边和别的匠人碰个伙，顾个零花销。

到了民国十九年夏天，阎锡山部下有个李师长，在太原修公馆，包工的是跟铁锁在一块搭过伙的，打发人来叫铁锁到太原去。铁锁一来听说太原工价大，二来又想打听一下三爷究竟落了个什么下场，三来小胖孩已经不吃奶了，家里五亩地有二妞满可以种得过来，因此也就答应

①"语"，原版作"话"。
②"捉"，原版作"提"。

李家庄的变迁

了。不几天，铁锁便准备下干粮盘缠衣服鞋袜，和几个同行相跟着到太原去。

这时正是阎锡山自称国民革命军第三方面军[①]出兵倒蒋打到北平的时候，因为军事上的胜利，李师长准备将来把公馆建设在[②]北平，因此打电报给太原的管事的说叫把太原的工暂时停了。人家暂时停工，铁锁他们就暂时没事做，只得暂时在会馆找了一间房子住下。会馆的房子可以不出房钱，不凑巧的是住了四五天就不能再住了，来了个人在门外钉[③]了"四十八师留守处"一个牌子，通知他们当天找房子搬家。人家要住，他们也只得另在外边赁了一座房子搬出去。

过了几天，下了一场雨，铁锁想起会馆的床下还丢着自己一对旧鞋，就又跑到那里去找。他一进屋门，看见屋子里完全变了样子：地扫得很光，桌椅摆得很齐整[④]，桌上放着半尺长的大墨盒、印色盒和好多很精致的文具，床铺也很干净，上边躺着个穿着细布军服的人在那里抽鸦片烟。那个人一抬头看他，他才看见就是小喜。他又和碰上蛇一样，打了个退步，以为又要出什么事，不知该怎样才

---

① 第三方面军，1930年阎锡山联合冯玉祥等人成立倒蒋联军，区分为几个方面军，阎锡山自兼第三方面军总司令。
② "在"，原版作"到"。
③ "钉"，原版作"定"。
④ "整"，原版作"楚"。

好，只见小喜不慌不忙向他微微一笑道："铁锁？我当是谁？你几时到这里？进来吧！"铁锁见他对自己这样客气还是第一次，虽然不知他真意如何，看样子是马上不发脾气^①的，况且按过去在村里处的关系，他既然叫进去，不进去又怕出什么事^②，因此也就只好走近他的床边站下。小喜又用嘴指着烟盘旁边放的纸烟道："吸烟吧！"铁锁觉着跟这种人打交道，不出事就够好，哪里还有心吸烟，便推辞道："我才吸过！"只见小喜取起一根递给他道："吸吧！"这样一来，他觉着不吸又不好，就在烟灯上点着，靠床沿站着吸起来。^③他一边吸烟，一边考虑小喜为什么对他这样客气，但是也想不出个原因来。小喜虽然还是用上等人对一般人的口气，可也好像^④是亲亲热热地问长问短——问他跟谁来的，现在做什么，住在哪里，有无盘费……问完以后，知道他现在没有工作，便向他道："你们这些受苦人，闲住也住不起。论情理，咱们是个乡亲，你遇上了困难我也该照顾你一下，可是又不清楚谁家

①"不发脾气"，原版作"不至于危害自己"。
②"又怕出什么事"，原版作"是没有理由的"。
③"跟这种人打交道……靠床沿站着吸起来。"原版作"以自己的身份，没有资格吸人家的烟，正预备客气一番，只见小喜取起一根递给他道：'吸吧！'这样一来，他觉着'受宠若惊'，恭恭敬敬接住，就在烟灯上点着，靠床沿站着吸起来。"
④"好像"，原版缺。

修工。要不你就来这里给我当个勤务吧？"铁锁觉着自己反正是靠劳力吃饭，做什么都一样 [1]，只是见他穿着军人衣服，怕跟上他当了兵，就问道："当勤务是不是当兵？"小喜见他这样问，已经猜透他的心事，便答道："兵与兵不同：这个兵一不打仗，二不调动，只是住在这里收拾收拾屋子，有客来倒个茶，跑个街道；论赚钱，一月正饷八块，有个客人打打牌，每次又能弄几块零花钱；这还不是抢也抢不到手的事吗？我这里早有好几个人来运动过，我都还没有答应。叫你来就是因为你没有事，想照顾你一下，你要不愿来也就算了。"

正说着，听见院里自行车的声音，车一停下，又进来一个穿军服的，小喜赶快起身让座，铁锁也从床边退到窗下。那人也不谦让，走到床边便与小喜对面躺下。小喜指着铁锁向那人道："参谋长，我给咱们留守处收了个勤务！我村子里人，很忠厚，很老实！"那人懒洋洋地道："也好吧！"小喜又向铁锁道："铁锁！你回去斟酌一下，要来今天晚上就来，要不来也交代我一声，我好用别人！"铁锁一时虽决定不了该干不该干，可也觉着这是去的时候了，就忙答道："可以，那我就走了！"小喜并不起身相送，只向他道："好，去吧！"他便走出来了。

---

[1] "觉着自己反正是靠劳力吃饭，做什么都一样"，原版作"见他说得很自己，也愿意受他的照顾。"

参谋长道:"这孩子倒还精干,只是好像没有胆,见人不敢说响话。"小喜道:"那倒也不见得,不过见了我他不敢怎样放肆,因为过去处的关系不同。"参谋长道:"你怎么想起要用个勤务来?"小喜道:"我正预备报告你!"说着先取出一包料面①递给参谋长,并且又取一根纸烟,一边往上缠吸料子用的纸条,一边向他报告道:"前不大一会儿,有正大饭店②一个伙计在街上找四十八师留守处,说是河南一个客人,叫他找,最后问这里警察派出所,才找到这里来。我问明了缘由,才推他说今天这里没有负责人,叫他明天来。我正预备吸口烟到你公馆报告去,我村那个人就进来了;还没有说几句话,你就进来了。"

按他两个人的等级来说,小喜是上尉副官,而参谋长是少将。等级相差既然这么远,有什么事小喜应该马上报告,说话也应该更尊敬一些,为什么小喜还能慢腾腾地和他躺在一处,说话也那样随便呢?原来这四十八师是阎锡山准备新成立的队伍,起初只委了一个师长,参谋长还是师长介绍的,并没有一个兵,全靠师长的手段来发展。师长姓霍,当初与豫北一带的土匪们有些交道,他就凭这个

---

① 料面,即海洛因,一种毒品。也叫白面儿。
② 正大饭店是省里省外的高级官员等阔人们来了才住的。——作者原注。

李家庄的变迁

资本领了师长的委任。他说："只要有名义，兵是不成问题的。"小喜也懂这一道。参谋长虽然是日本帝国大学毕业，可是隔行如隔山，和土匪们取联络便不如小喜，况且小喜又是与秘书长那个系统有关系的，因此参谋长便得让他几分。

小喜说明了没有即刻报告他的理由，见他没有说什么，就把手里黏好纸条子的纸烟递给他让他吸料子，然后向他道："我想这个客人，一定是老霍去了联络好了以后，才来和咱们正式取联系的。他既然来了就住在正大饭店①，派头一定很不小，我们也得把我们这留守处弄得像个派头，才不至于被他轻看，因此我才计划找个勤务。"小喜这番话，参谋长听来头头是道，就称赞道："对！这个是十分必要的。我看不只得有个勤务，门上也得有个守卫的。我那里还有几个找事的人，等我回去给你派两个来。下午你就可以训练他们一下，把咱们领来的服装每人给他发一套。"计划已定，参谋长又吸了一会儿料子，谈了些别的闲话，就回公馆去了。

铁锁从会馆出来，觉着奇怪。他想："小喜为什么变得那样和气？对自己为什么忽然好起来？说是阴谋吗？看样子也看不出来②，况且自己现在是个穷匠人，他谋自己

————————
① "正大饭店"后，原版有夹注，注文即上项作者原注。
② "也看不出来"，原版作"是很真诚的"。

的什么？说是真要顾盼乡亲吗？小喜从来不落无宝之地，与他没有利的事就没有见他干过一件。"最后他想着有两种可能：第一是小喜要用人，一时找不到个可靠的人，就找到自己头上；第二是小喜觉着过去对不起自己，一时良心发现，来照顾自己一下，以补他良心上的亏空。他想要是第一种原因，他用人我赚钱，也是一种公平的交易——虽然是给他当差，可是咱这种草木之人就是伺候人的；要是第二种原因那更好，今生的冤仇今生解了，省得来生冤冤相报——因为铁锁还相信来生报应。他想不论是第一种还是第二种，都与自己无害，可以干一干。他完全以为小喜已经是变好了。回到住的地方跟几个同事一说，同事以为像小喜这种人是一千年也不会变好的，不过现在的事却同意他去干，也就是同意他说的第一种理由。

　　事情就这样决定了，铁锁便收拾行李搬到会馆去。铁锁到了会馆，参谋长打发来的两个人也到了，小喜便在院里分别训练：教那两个人怎样站岗，见了官长怎样敬礼，见了老百姓怎样吆喝，见了哪等客人用哪等话应酬，怎样传递名片；又教铁锁打水、倒茶、点烟等种种动作。他好像教戏一样，一会儿算客人，一会儿算差人……直领着三个人练习了一下午，然后发了服装和① 臂章，准备第二天

---

① "和"，原版作"、"。

应客。

第二天早上，参谋长没有吃饭就来了。他进来先问准备得如何，然后就在留守处吃饭。吃过饭，他仍和小喜躺在床上，一边吸料子一边准备应酬这位不识面的绿林豪侠。小喜向他说对付这些人，要几分派头、几分客气，几分豪爽、几分自己，参谋长也十分称赞。他们的计议已经一致，就另谈些闲话，等着站岗的送名片来。

外边两个站岗的，因为没有当过兵，新穿起军服扛起枪来，自己都觉着有点新鲜，因此就免不了打打闹闹——起先两个人各自练习敬礼，后来轮流着一个算参谋长往里走，另一个敬礼。有一次，一个敬了礼，当参谋长的那一个没有还礼，两个人便闹起来，当参谋长那个说："我是参谋长，还礼不还礼自然是由我啦！"另一个说："连个礼都不知道还，算你妈的什么参谋长？"

就在这时候，一辆洋车拉了个客人，到会馆门外停住，客人跳下车来。两个站岗的见有人来了，赶紧停止了闹，仍然站到岗位上，正待要问客人，只见那客人先问道："里边有负责人吗？"一个答道："有！参谋长在！"还没有来得及问客人是哪里来的，那客人也不劳传达也不递名片，挺起胸膛呱嗒呱嗒就走进去了。

小喜正装了一口料子，用洋火点着去吸，听得外边进来了人，还以为是站岗的，没有理，仍然吸下去。烟正进

到喉咙，客人也正揭起帘子。小喜见进来的人，穿着纺绸
大衫，留着八字胡，知道有些来历，赶紧顺手连纸烟带料
子往烟盘里一扔，心里暗暗埋怨站岗的。参谋长也欠身坐
起。客人进着门道："你们哪一位负责？"小喜见他来得
高傲，赶紧指着参谋长用大官衔压他们："这就是师部参
谋长！"哪知那客人丝毫不失威风，用嘴指了一下参谋长
问道："你就是参谋长？"参谋长道："是的，有事吗？"
那客人不等让座就把桌旁的椅子扭转，面向着参谋长坐了
道："兄弟是从河南来的。老霍跟我们当家的接洽好了，
写信派兄弟来领东西！"说着从皮包中取出尺把长一封信
来，递给小喜。小喜把信递给参谋长，一边又吩咐铁锁
倒茶。

　　参谋长接住信一看，信是老霍写的，说是已经拉好
了一个团，要留守处备文向军需处请领全团官兵服装、臂
章、枪械、给养等物，并开一张全团各级军官名单，要留
守处填写委状。参谋长看了道："你老哥就是团长吗？"
客人道："不！团长是我们这一把子一个当家的，兄弟只
是跟着我们当家混饭吃的。"参谋长拿着名单问他道："哪
一位是……"客人起身走近参谋长，指着名单上的名字
道："这是我们当家的，这一个就是兄弟我，暂且抵个参
谋！"参谋长道："你贵姓王？"客人道："是的！兄弟姓
王！"参谋长道："来了住在哪里？"客人道："住在正大

李家庄的变迁

饭店。"参谋长道:"回头搬到这里来住吧!"又向小喜道:"李副官!回头给王参谋准备一间房子!"客人道:"这个不必,兄弟初到太原,想到处观光一番,住在外边随便一点儿。"参谋长道:"那也好!用着什么东西,尽管到这里来找李副官!"小喜也接着道:"好!用着什么可以跟我要!"客人道:"谢谢你们关心。别的不用什么,只是你们山西的老海①很难买。"转向小喜道:"方才见你老兄吸这个,请你帮忙给我买一点儿!"说着从皮包中取出五百元钞票递给小喜。

小喜接住票子道:"好!这我可以帮忙!"说着就从床上起来让他道:"这里还有一些,你先吸几口!"说了就把烟盘下压着的一个小纸包取出来放在外边。客人倒也很自已,随便谦让了一下,就躺下去吸起来。

小喜接住钱却费了点思索。他想:打发人去买不出来;自己去跑街,又不够派头,怕客人小看。想了一会儿,最后决定写封信打发铁锁去。他坐在桌上写完了信,出到屋门口叫道:"张铁锁!到五爷公馆去一趟!"铁锁问道:"在什么地方!"小喜道:"天地坛门牌十号!"说着把信和钱递给他道:"买料子!"买料子当日在太原,名义上说是杀头罪,铁锁说:"我不敢带!"小喜低声道:

---

① 老海,即海洛因。

"傻瓜！你带着四十八师的臂章，在五爷公馆买料子，难道还有人敢问？"铁锁见他这样说没有危险，也就接住了信和钱。小喜又吩咐道："你到他小南房里，把信交给张先生，叫他找姨太太的娘，他就知道。"铁锁答应着去了。

铁锁找到天地坛十号，推了推门，里边关着；打了两下门环，里边走出一个人来道："谁！"随着门开了一道缝，挤出一颗头来问道："找谁？"铁锁道："找张先生！"说了就把手里的信递给他。那人道："你等一等！"把头一缩，返身回去了。铁锁等了不大工夫，那人又出来喊道："进来吧！"铁锁就跟了进去。

果然被他引到小南房。铁锁见里边有好多人，就问道："哪位是张先生？"西北墙角桌边坐着一个四十来岁的瘦老汉道："我！你稍等一等吧！海子老婆①到火车站上去了。"人既不在，铁锁也只得等，他便坐到门后一个小凳子上，闲看这屋里的人。

靠屋的西南角，有一张床，床中间放着一盏灯。床上躺着两个人，一个是小个子，尖嘴猴，一个是塌眼窝。床边坐着一个人，伸着脖子好像个鸭子，一个肘靠着尖嘴猴的腿，眼睛望着塌眼窝。塌眼窝手里拿着一张纸烟盒里的

①海子老婆，海子是这个老婆家的村名。——作者原注。（编者：原版为夹注）

李家庄的变迁

金箔，还拿着个用硬纸卷成的、指头粗的小纸筒。他把料子挑到金箔上一点儿，爬起来放在灯头上熏，嘴里衔着小纸筒对住熏的那地方吸。他们三个人，这个吸了传递给那个。房子不大，床往东放着一张茶几两个小凳子，就排到东墙根了。茶几上有个铜盘，盘里放着颗切开了的西瓜。靠东的凳子上，坐着个四方脸大胖子，披着件白大衫，衬衣也不扣扣子，露着一颗大肚。靠西的凳子上，坐着个留着分头的年轻人，穿了件阴丹士林布大衫，把腰束得细细的，坐得直挺挺的，像一根柱子。他两个面对面吃西瓜：胖子吃是大块子，呼啦呼啦连吃带吸，连下颌带鼻子都钻在西瓜皮里，西瓜子不住从胸前流下去；柱子不是那样吃法，他把大块切成些小月牙子，拿起来弯着脖子从这一角吃到那一角，看去好像老鼠吃落花生。

不论床上的，不论茶几旁边的，他们谈得都很热闹，不过铁锁听起来有许多话听不懂。他们不知什么时候就谈起来了。铁锁坐下以后，第一句便听着那柱子向胖子道："最要紧的是归班①，我直到现在还没得归了班。"胖子道："也不在乎，只要出身正，有腿，也快。要说归班，

① 归班，委任县级以上官吏，要先归班。归轮委班，按次序等待委任；归择委班，则可提前派出。进择委班，一般要有高级官员举荐或出巨款。归班前，要先经过考试，并在训练班学习一段时间，以取得县官资格。

我倒归轮委班二年了，直到如今不是还没有出去吗？按次
序轮起来，民国五十多年才能轮到我，那抵什么事？"床
上那个塌眼窝向鸭脖子道："你听！人家都说归班啦！咱
们啦？"鸭脖子道："咱们这些不是学生出身的人，不去
找那些麻烦！"大家都笑了。胖子向床上人道："索性像
你们可也快，只要到秘书长那里多挂几次号就行了。"尖
嘴猴道："你们虽说慢一点儿，可是一出去就是县长科长；
我们啦，不是这个税局，就是那个监工。"塌眼窝道："不
论那些，只要钱多！"鸭脖子道："只要秘书长肯照顾，
什么都不在乎！五爷没有上过学校，不是民政厅的科长？
三爷也是'家庭大学'出身①，不在怀仁县当县长啦？"

铁锁无意中打听着三爷的下落，还恐不是，便问道：
"哪个三爷？"鸭脖子看了他一眼，鼻子里一哼道："哪个
三爷？咱县有几个三爷？"铁锁便不再问了。

那柱子的话又说回来了，他还说是归班要紧。胖子向
他道："你老弟有点过迂，现在已经打下了河北，正是用
人时候。你还是听上我，咱明天搭车往北平去。到那里只
要找上秘书长，个把县长一点儿都不成问题……"那柱
子抢着道："我不信不归班怎么能得正缺？"胖子道："你
归班是归山西的班，到河北有什么用处？况且你归班也

---

① "家庭大学"出身，即没有上过学的意思。——作者原注。（编者：原
版为夹注）

李家庄的变迁

只能归个择委班，有什么用处？不找门路还不是照样出不去吗？"

　　他们正争吵，外边门又开了，乱七八糟进来许多人。当头是一个戴着眼镜的络腮胡大汉，一进门便向茶几上的两个人打招呼。他看见茶几上还有未吃完的西瓜，抓起来一边吃一边又让同来的人。他吃着西瓜问道："你两位辩论什么？"胖子便把柱子要归班的话说了一遍，那戴眼镜的没有听完，截住便道："屁！这会儿正是用人时候，只要找着秘书长，就是扫帚把子戴上顶帽，也照样当县长！什么择委班轮委班，现在咱们先给他凑个抢委班！"一说抢委班，新旧客人同声大笑，都说："咱们也归了班了！抢委班！"

　　铁锁虽懂不得什么班，却懂得他们是找事的了，正看他们张牙舞爪大笑，忽然有人在他背后一推道："这是不是铁锁？"铁锁回头一看，原来是春喜，也是跟着那个戴眼镜的一伙进来的。他一看果然是铁锁，就问道："你也当了兵？"铁锁正去答话，见他挤到别的人里去，也就算了。春喜挤到床边，向那个鸭脖子道："让我也坐坐飞机①！"说了从小草帽中取出一个小纸包，挤到床上去。

　　那戴眼镜的向张先生道："你去看看五爷给军需处王

────────────

①坐飞机：在金箔上吸料子就叫坐飞机。——作者原注。（编者：原版为夹注）

科长写那封信写成了没有。"张先生去了。那柱子问道：
"把你们介绍到军需处了？"戴眼镜的道："不！秘书长打
电报叫我们到北平去，因为客车不好买票，准备明天借军
需处往北平的专车坐一坐。"胖子道："是不是能多坐一两
个人？"戴眼镜的道："怕不行！光我们就二三十个人啦！
光添你也还马虎得过，再多了就不行了。"说着张先生已
经拿出信来，戴眼镜的接住了信，就和同来的那伙人一道
又走了，春喜也包起料子赶出去。胖子赶到门边喊道："一
定借光！"外边答道："可以！只能一两个人！"

他们去了，张先生问铁锁道："你怎么认得他？"铁
锁道："他跟我是一个村人。"张先生道："那人很能干，
在大同统税局很能弄个钱。秘书长很看得起，这次打电报
要的几十个人也有他，昨天他才坐火车从大同赶回来。"
正说着，姨太太的娘从火车站上回来了，铁锁便买上料子
回去交了差。

打发河南的客人去了，参谋长立刻备了呈文送往总
司令部，又叫小喜代理秘书，填写委状，赶印臂章。

四

不几天，街上传说在山东打了败仗，南京的飞机又
来太原下过弹，人心惶惶，山西票子也跌价了。又过几

李家庄的变迁

天，总司令部给四十八师留守处下了命令[1]，说是叫暂缓发展，请领的东西自然一件也没有发给。参谋长接到了命令，回复了河南来的客人，又打发小喜下豫北去找老霍回来。从这时起，留守处厨房也撤销[2]了，站岗的也打发了，参谋长也不到那里去了，小喜也走了，叫铁锁每天到参谋长那里领一毛五分钱伙食费，住在留守处看门。起先一毛五分钱还够吃，后来山西票一直往下狂跌，一毛五分钱只能买一斤软米糕，去寻参谋长要求增加，参谋长说："你找你的事去吧！那里的门也不用看了！"这个留守处就这样结束了。

铁锁当了一个月勤务，没有领过一个钱，小喜走了，参谋长不管，只落了一身单军服，穿不敢穿，卖不敢卖，只好脱下包起来。他想：做别的事自然不能穿军服，包起来暂且放着，以后有人追问衣服，自然可以要他发钱；要是没人追问，军衣也可改造便衣。衣服包好，他仍旧去找同来的匠人们。那些人近来找着了事：自从南京飞机到太原下弹后，各要人公馆抢着打地洞，一天就给一块山西票。铁锁找着他们，也跟着他们到一家周公馆打地洞，晚上仍住在会馆。

一天晚上他下工后走出街上来，见街上的人挤不动，

---

① "命令"，原版作"指令"。
② 撤销，原版作"拆消"。

也有军队也有便衣，特别有些太原不常见的衣服和语音，街上也加了岗，好像出了什么事。回到会馆，会馆的人也挤满了，留守处的门也开了，春喜和前几天同去北平的那一伙都住在里边，床上地下都是人，把他的行李给他堆在一个角落上。春喜一见铁锁，便向他道："你住在这里？今天你再找个地方住吧，我们人太多！"铁锁看那情形，又说不得理，只好去搬自己的行李。春喜又问他道："继唐住在哪个屋里？"铁锁道："他下河南去了。"铁锁也想知道他为什么回来，就接着顺便问道："你们怎么都回来了？"春喜道："都回来了！阎总司令也回来了！"铁锁听了，仍然不懂他们为什么回来，但也无心再问，就搬了行李仍然去找他的同行。

他的同行人很多，除了和他同来的，和他们新认识的还有几十个，都住在太原新南门外叫作"满洲坟"的一道街。这一带的房子都是些小方块，远处看去和箱子一样，里边又都是土地，下雨漏得湿湿的；有的有炕，有的是就地铺草。房租不贵，论人不论间，每人每月五毛钱。铁锁搬去的这地方，是一个长条院子，一排四座房，靠东的一座是一间，住着两个学生，其余的三座都是三间，住的就是他们这伙匠人。他搬去的时候，正碰上这些匠人们吃饭。这些人，每人端着一碗小米干饭，围着一个青年学生听话。这个学生，大约有二十年纪，穿着个红背心，外边

李家庄的变迁

披着件蓝制服，粗粗的两条红胳膊，厚墩墩的头发，两只眼睛好像打闪，有时朝这边有时朝那边。围着他的人不断向他发问，他一一答复着。从他的话中，知道山西军[1]败了，阎锡山和汪精卫都跑回太原来了。有人问："他两家争天下，南京的飞机为什么到太原炸死了拉洋车的和卖烧土的？"有的问："咱们辛辛苦苦赚得些山西票子，如今票不值钱了，咱们该找谁去？"学生说："所以这种战争，不论谁胜谁败，咱们都要反对，因为不论他们哪方面都是不顾老百姓利益的……"

铁锁听了一会儿，虽然不全懂，却觉着这个人说话很公平。他把行李安插下，到外边买着[2]吃了一点儿东西，回来躺在铺上问一个同行道："吃饭时候讲话的那个人是哪里来的？"这个同行道："他也是咱这院子里的房客，在三晋高中上学，姓常，也不知道叫什么。他的同学叫他小常，大家也跟着叫小常先生，他也不计较。这人可好啦！跟咱们这些人很亲热，架子一点儿也不大，认理很真，说出理来跟别的先生们不一样。"铁锁近来有好多事情不明白，早想找个知书识字的先生问问，可是这些糊涂事情又都偏出在那些知书识字的人们身上，因此只好闷着，现在见他说这位小常先生是这样个好人，倒有心向他

---

① 山西军，阎锡山亲自操纵的地方武装。
② "着"，原版缺。

领个教，便向这个同行道："要是咱们一个人去问他个什么，他搭理不搭理？"这个同行道："行！这人很好谈话，只要你不瞌睡，谈到半夜都行！"铁锁道："那倒可以，只是我跟人家不熟惯。"这个同行道："这没关系，他倒不讲究这些，你要去，我可以领你去！"铁锁说："可以，咱们这会儿就去。"说罢两个人便往小东房里去见小常。

他们进了小东房，见小常已经点上了灯在桌边坐着，他还有一个同学睡在炕上。这个匠人便向小常介绍道："小常先生！我这个老乡有些事情想问问你，可以不可以？"小常的眼光向他两人一扫，随后看着铁锁道："可以！坐下！"铁锁便坐在他的对面。铁锁见小常十分漂亮精干，反觉着自己不配跟人家谈话，一时不知该从哪里谈起。小常见他很拘束，便向他道："咱们住在一处，就跟一家人一样，有什么话随便谈！"铁锁道："我有些事情不清楚，想领领教，可是，'从小离娘，到大话长'，说起来就得一大会儿。"小常道："不要紧！咱们住在一块，今天说不完还有明天！不用拘什么时候，谈到哪里算哪里。"铁锁想了一会儿道："还是从头说吧！"他便先介绍自己是哪里人，在家怎样破了产，怎样来到太原，到太原又经过些什么，见到些什么……一直说到当天晚上搬出会馆。他把自己的遭遇说完了，然后问小常道："我有这么些事不明白：李如珍怎么能永远不倒？三爷那样胡行怎么除不办罪还能做官？小喜春喜那些人怎么永远吃得开？别人卖料子要杀头，五爷公馆怎么没关系？土匪头子来了怎么也没人捉还要当上等客人看待？师长怎么能去拉土匪？……"他还没有问完，小常笑嘻嘻走到他身边，在他肩上一拍道："朋友！你真把他们看透了！如今的世界就是这样，一点儿也不奇怪！"铁锁道："难道上边人也不说理吗？"小常道："对对对！要没有上边人给他们做主，他们怎么敢那样不说理？"铁锁道："世界要就是这样，像我们这些正经老受苦人活着还有什么盼头？"小常道："自然不能一直让它是这样，总得把这伙仗势力不说理的家伙们一齐打倒，由我们正正派派的老百姓们出来当家，世界才能有真理。"铁锁道："谁能打倒人家？"小常道："只要大家齐心，他们这伙不说理人还是少数。"铁锁道："大家怎么就齐心了？"小常道："有个办法。今天太晚了，明天我细细给你讲。"一说天晚了，铁锁听了一听，一院里都睡得静静的了，跟他同来的那个同行不知几时也回去睡了，他便辞了小常也回房睡去。

这晚铁锁回去虽然躺下了，却睡得很晚。他觉着小常是个奇怪人。凡他见过的念过书的人，对自己这种草木之人，总是跟掌柜对伙计一样，一说话就是教训，好的方面是夸奖，坏的方面是责备，从没有见过人家把自己也算成朋友。小常算是第一个把自己当成朋友的人。至于小常说的道理，他也完全懂得，他也觉着不①把这些不说理人一同打倒另换一批说理的人，总不成世界，只是怎样能打倒他还想不通，只好等第二天再问小常。这天晚上是他近几年来最满意的一天，他觉着世界上有小常这样一个人，总还算像个世界。

　　第二天，他一边做着工，一边想着小常，好容易熬到天黑，他从地洞里放下家伙钻出来，在街上也顾不得停站，一鼓劲跑回满洲坟来，没有到自己房子里，就先到小东房找小常去。他一进去，不见小常，只见箱笼书籍乱七八糟扔下一地，小常的同学在屋里整叠他自己的行李。他进去便问道："小常先生还没有回来？"小常那个同学道："小常叫人家警备司令部捉去②了。"他听了，大瞪眼莫名其妙，怔了一会儿又问道："因为什么？"小常那个同学抬头看了看他，含糊答道："谁知道是什么事？"说着他把他自己的行李搬出去。铁锁也不便再问，跟到外边，见他叫了个洋车③拉起来走了。这时候，铁锁的同行也都陆续从街上回来，一听铁锁报告了这个消息，都抢着到小东房去看，静静的桌凳仍立在那里，地上有几片碎纸，一个人也没有。

---

① "不"，原版作"非"。
② "去"，原版作"走"。
③ 洋车，人力车。

李家庄的变迁

大家都不知道为什么，都觉着奇怪。有个常在太原的老木匠道："恐怕是共产党。这几年可多捉了共产党了，杀了的也不少！真可惜呀！都是二十来岁精精干干的小伙子。"铁锁问道："共产党是什么人？"那老木匠道："咱也不清楚，听说总是跟如今的官家不对，不赞成那些大头儿们！"另外有几个人乱说"恐怕就是"，"小常跟他们说是两股理"，"小常是说真理的"……大家研究了半天，最后都说："唉！可惜小常那个人了！"好多人都替小常忧心，仍和昨天下米一样多，做下的干饭就剩下了半锅。

铁锁吃了半碗饭，再也吃不下去。他才觉着世界上只小常是第一个好人，可是只认识了一天就又不在了。他听老木匠说还有什么共产党，又听说这些人被杀了的很多，他想：既然被杀了的很多，可见这种人不只小常一个；又想：既然被杀了的很多，没有被杀的是不是也很多？又想：既然被杀了的很多，小常是不是也会被杀了呢？要是那样年轻、能干、说真理的好人，昨天晚上还高高兴兴说着话，今天就被人家活生生捉住杀了，呵呀！……他想着想着，眼里流下泪来。这天晚上，他一整夜没有睡着，又去问老木匠，老木匠也不知道更多的事情。

从这天晚上起，他觉着活在这种世界上实在没意思，每天虽然还给人家打地洞，可是做什么也没有劲了，有时想到应该回家去，有时又想着回去还不是一样的。

五

就这样拖延着，一个秋天过去了。飞机不断来，打地洞的家也很多，可是山西票子越来越不值钱，铁锁他们一伙人做得也没有劲，慢慢都走了。后来阎锡山下了野往大连去了。徐永昌①当了警备司令来维持秩序，南京的飞机也不来了，各大公馆的地洞也都停了工。人家一停工，铁锁和两三个还没有走了的同行也没有事了，便不得不做回家的计划。

这天铁锁和两个同来的同行，商议回家之事。听说路上很不好行动，庞炳勋部驻沁县，孙殿英部驻晋城，到处有些散兵，说是查路，可是查出钱来就拿走了。他们每人都赚下一百多元山西票，虽说一元只能顶五毛，可是就算五十元钱，在一个当匠人的看起来，也是很大一笔款，自然舍不得丢了。好在他们都是木匠，想出个很好的藏钱办法，就是把合缝用的长刨子挖成空的，把票子塞进去再把枣木底板钉上。他们准备第二天起程，这天就先把票子这样藏了。第二天一早，三个人打好行李，就上了路。走到

---

① 徐永昌，山西崞县（今原平县）人。曾任国民军的旅长、师长、代军长。后归阎锡山。阎冯倒蒋失败后，被蒋委任为山西省政府主席。1936 年后离阎到南京政府任职。

李家庄的变迁

新南门口，铁锁又想起他那双鞋仍然丢在会馆，鞋还有个半新，丢了也很可惜，就和两个同行商议，请他等一等，自己跑回去取。

这两位同行，给他看着行李，等了差不多一点钟，也不见他来。一辆汽车开出来了，他两人把行李替他往一边搬了一搬。又等了一会儿，他和另一个人相跟着来了，一边走，一边向他两人道："等急了吧？真倒霉！鞋也没有找见，又听了一回差！"两个人问他出了什么事，他说："春喜去大同取行李回来了，和好多人趁秘书长送亲戚的汽车回去，叫我给人家往车上搬箱子！"有个同行也认得春喜，问他道："他在大同做什么来？有什么箱子？"铁锁道："听说在什么统税局。这些人会发财，三四口箱子都很重。"那个同事向他开玩笑道："你跟他是一村人，还不能叫他的汽车捎上你？"铁锁道："一百年也轮不着捎咱呀！"随手指着同来的那个人道："像这位先生，成天在他们公馆里跑，都挤不上啦！"他两个同事看同他来的那个人，长脖子，穿着件黑袍，上面罩着件灰大衫，戴着礼帽，提着个绿绒手提箱。这人就是当日在五爷公馆里的那个鸭脖子，他见铁锁说他挤不上，以为不光荣，便解释道："挤不上，他们人太多了！到路上要个差也一样，不过走慢一点儿。"他特别说明他可以要差，不保持他的身份。铁锁在太原住了几个月，也学得点世故，便向鸭脖子道："先生，我们也想沾沾你的光！听说路上不好走，一路跟你相跟上许就不要紧了吧？"鸭脖子道："山西的机关部队都有熟人，碰上他们自然可以[1]；要碰上外省的客军，就难说话了，我恐怕只能顾住我。"说着强笑了一笑。

他们就这样相跟着上了路。走了不多远，有个差徭局[2]，鸭脖子要了一头毛驴骑着，他们[3]三个人挑着行李跟在后边。

鸭脖子要的是短差，十里八里就要换一次，走了四五天才到分水岭。

一路上虽然是遇到几个查路的，见了鸭脖子果然客气一点儿，随便看看护照就放过去了。他们三个说是跟鸭脖子一行，也没有怎么[4]被检查。过了分水岭，有一次又遇到两个查路兵，虽然也是山西的，情形和前几次有些不同，把他们三个人的行李抖开，每一件衣服都捏揣过一遍，幸而他们的票子藏得好，没有被寻出来。检查到了铁锁那身军服，铁锁吃了一惊，可是人家也没有追究。后来

---

[1] "山西的机关部队都有熟人，碰上他们自然可以"，原版作"碰上山西的机关部队都有熟人，自然可以"。

[2] 差徭局，阎锡山设在各地指派徭役的机构。徭，就是统治阶级强制人民承担的无偿劳动。

[3] "们"，原版缺。

[4] "怎么"，原版作"十分"。

李家庄的变迁

把鸭脖子的手提箱打开，把二十块现洋给检查走了。

这一次以后，他们发现鸭脖子并不抵事，跟他一道走徒磨工夫；有心前边走，又不好意思，只好仍跟他走在一起。快到一个叫"崔店"的村子，又碰上查路的，远远用手枪指着喊道："站住！"四个人又吓了一跳。站住一看，那个喊"站住"的正是小喜，还有两个穿军服的离得比较远一点儿。小喜一看鸭脖子，笑道："是你呀！"又向铁锁道："你也回去？"铁锁答应着，只见小喜回头向那两个穿军服的道："自己人自己人！"又向鸭脖子道："天也黑了，咱们住一块吧！"鸭脖子道："住哪里？"小喜道："咱们就住崔店！"又向那两个穿军服的道："路上也没人了，拿咱们的行李，咱们也走吧！"说了他便和那两个人跑到一块大石头后边，每人背出一个大包袱来。七个人相跟着来到崔店，天已大黑了。小喜走在前面，找到一家店门口，叫开门，向掌柜下命令道："找个干净房子！"掌柜看了看他，惹不起；又看了看铁锁他们三个道："你们都是一事吗？"铁锁道："我们三个是当匠人的！"掌柜便点着灯把小喜他们四人引到正房，又把铁锁他们三个另引到一个房子里。

他们四个人，高喊低叫，要吃这个要吃那个，崔店是个小地方，掌柜一时应酬不来，挨了许多骂，最后找了几个鸡蛋，给他们做的是炒鸡蛋拉面。打发他们吃过以后，才给铁锁他们三个坐上锅做米饭。赶他们三个吃罢饭，天已经半夜了。

他们三个人住的房子，和正房相隔不远，睡了之后，可以听到正房屋里谈话。他们听得鸭脖子诉说他今天怎样丢了二十块现洋，小喜说："不要紧，明天可以随便拿些花。"鸭脖子说："不算话，带多少也不行！听说沁县到晋城一带都查得很紧！"小喜说："我也要回去。明天跟我相跟上，就没有人查了。"铁锁一个同行听到这里，悄悄向铁锁道："你听！小喜明天也回去。咱明天跟他相跟上，也许比那个鸭脖子强，因为他穿的军衣，况且又是做那一行的。"铁锁也悄悄道："跟他相跟上，应酬查路的那一伙子倒是有办法，可是他们那些人我实在不想看见！"那个同行道："咱①和他相跟啦吧，又不是和他结亲啦！"铁锁一想，又有点世故气出来了。他想：今天和鸭脖子相跟还不是一样的不舒服，可是到底还相跟了，就随和些也好。况且自己又曾给小喜当过一个月勤务，就以这点关系，说出来他也不至于不应允。这样一想，他也就觉着无可无不可了。

第二天早晨，铁锁他们三个起了一个早，先坐锅做饭，吃着饭，正房里那四个才起来洗脸。一会儿，听着他

---

① "咱"后，原版有"是"。

们吵起来。小喜说："有福大家享，你们也不能净得现洋，把山西票一齐推给我！"另一个河南口音的道："这也没有叫你吃了亏。我不过觉着你是山西人，拿上山西票子总还能成个钱，叫我带回河南去有个鸡巴啥用处？把这些衣服都归了你，还不值几百元吗？"小喜道："咱们也相处了个把月，也走了几百里路，咱姓李的没有对不起朋友的地方吧？如今你们拿上两千多现货，几十个金戒指，拿堆破山西票跟几包破衣裳来抵我，你们自己看像话不像话？有福大家享，有事大家当，难道我姓李的不是跟你们一样冒着性命呀？"另一个河南口音道："老李！不要讲了！咱们上场来都是朋友，好合不如好散！这戒指你随便拿上些！山西票要你被屈接住！来！再拿上二百现的！"正说着，掌柜把炒蒸馍端上去，几个人便不吵了，吃起饭来。吃完了饭，那两个穿军服的扛着沉沉两包东西，很客气地辞了小喜和鸭脖子走了。他两个也不远送，就在正房门口一点头，然后回去收拾他们的行李。

就在这时候，铁锁的两个同行催着铁锁，叫去跟小喜交涉相跟的事，铁锁便去了。他一进到正房，见炕上堆着一大堆山西票子，两包现洋，一大把金戒指，两三大包衣服。小喜正在那里折衣服，见[①]他进去了，便向他道："你

---

① "见"，原版作"叫"。

还没有走？"鸭脖子也那样问，铁锁一一答应罢了，便向他道："听说路上很不好走，想跟你相跟上沾个光，可以不可以？"小喜正在兴头上，笑嘻嘻答道："行！相跟着吧！没有一点儿事！"铁锁见他答应了，也没有更多的话跟他说，站在那里看他折衣服。他见铁锁闲着，便指着那些衣服道："你给我整理一下吧！整理妥①包好！"铁锁悔不该不马上出去，只好给他整理。鸭脖子问小喜道："你从前认得他？"小喜道："这是我的勤务兵！跟我是一个村子里人。"他已经把衣服推给铁锁整理，自己便去整理炕上的银钱。他把票子整成一叠一叠的，拿起一叠来，大概有一二百元，递给鸭脖子道："你昨天不是把钱丢了吗？花吧！"鸭脖子还谦让着，小喜道："给你！这些乱年头，抓到手大家花了就算了。"说着把票子往鸭脖子的怀里一塞，鸭脖子也就接受下了。小喜回头又向铁锁道："你那身军服还在不在？"铁锁只当他是向自己要那身衣服，便答道："在！一会儿我给你去取！不过参谋长却没有给我发过饷。"小喜道："不是跟你要。你还把它穿上，还算我的勤务兵，这样子到路上更好行动。行李也不用你挑，到差徭局要得差来可以给你捎上。"铁锁说："我还相跟着两个人啦！"小喜道："不要紧！就说都是我带的人！"

---

① "妥"，原版作"住"。

李家庄的变迁

　　一会儿，行李都打好了，铁锁出来和两个同行说明，又把那身单军服套在棉衣外边，铁锁给小喜挑着包袱，五个人相跟着出了店，往差徭局来。小喜南腔北调向办差的道："拨两个牲口三个民夫！"办差的隔窗向外一看道："怎么木匠也要差？"小喜道："真他妈的土包子！军队就不带木匠？"铁锁的两个同行在窗外道："我们自己挑着吧！"小喜向窗外看了他们一眼道："你们就自己挑着！"又向办差的道："那就两个牲口一个民夫吧！"办差的拨了差，小喜和鸭脖子上了驴，赶驴的和铁锁两个人跟着，民夫把铁锁的行李和小喜的包袱捆在一处担着，铁锁的两个同行自己担着行李跟着，一大串七个人两个牲口便又从崔店出发了。

　　小喜的包袱很重，民夫一路直发喘。铁锁本来不想把自己的行李给民夫加上，可是既然算小喜的勤务，又没法不听小喜的指挥。后来上了个坡，铁锁见民夫喘得很厉害，便赶到他身边道："担累了？我给你担一会儿！"民夫道："好老总！可不敢叫你担！"铁锁道："这怕啥？我能担！"说着就去接担子。民夫连说不敢，赶驴的抢着跑过来道："不敢不敢！我给他担一会儿！"说着便接住担在自己肩上。民夫叹了口气道："唉！好老总！像你老总这样好的人可真少！"赶驴的也说："真少！可有那些人，给你担！不打就够好！"

正说话间，前边又有了查路的——一个兵正搜查两个生意人的包袱，见小喜他们走近了，向那两个生意人说了声"包起吧"，便溜开了。小喜在驴上看得清楚，就故意喝道："站住！哪一部分？"吓得那个兵加快了脚步，头也不回便跑了。民夫问那两个生意人道："没有拿走什么吧？"生意人说："没有"，并且又向小喜点头道："谢谢老总！不是碰上你就坏了！"小喜在驴上摇头道："没有什么。他妈的，好大胆，青天白日就截路抢人啦！"那个赶驴的只当小喜不知道这种情形，便担着担子抢了几步向他道："好老总，这不算稀罕！这条路一天还不知道出几回这种事啦！"铁锁在他背后光想笑也不敢笑出来，暗暗想道："你还要给他讲？你给他担的那些包袱，还不是那样查路查来的！"

铁锁自从又穿上军服，觉着又倒了霉：一路上端水端饭问路换差……又都成了自己的事，小喜和鸭脖子骑着牲口专管指挥。他虽然觉着后悔，却也想不出摆脱办法，又只好这样相跟着走。

过了沁县，路平了，毛驴换成了骡车，走起来比以前痛快了好多。过屯留城的那一天，下了一次雪，有泥水的地方，车不好走。有一次，要过一个土沟，骡子拉不过去，站住了。赶车的请他们下车，小喜和鸭脖子看见下去就要踏着泥走，不愿意，硬叫他赶。他打了骡子两鞭，骡

李家庄的变迁

子纵了一下，可是车轮陷得很深，仍拉不动。小喜道："你们这些支差的干的是什么？连个牲口也赶不了！"赶车的央告道："老总，实在赶不过去呀！"小喜喝道："你捣蛋①，我揍你！"又向铁锁下命令道："给我揍他！"铁锁从来没有打过人，况且见赶车的并非捣蛋，除没有揍他，反来帮他推车，可是也推不动。赶车的仍然央告他两人下车，小喜夺出鞭子照耳门打了他一鞭杆。赶车的用手去摸耳朵，第二下又打在他手上。手也破了，耳朵也破了，眼泪直往下流，用手擦擦泪，又抹了一脸血。铁锁和他两个同行看见这种情形，十分伤心，可是也没法挽救。人也打了，车仍是赶不动，结果还是赶车的背着鸭脖子，铁锁背着小喜送过去，然后才回来赶空车。

　　这天晚上住在鲍店镇，铁锁向他两个同行悄悄说："明天咱们不跟他相跟吧！咱真看不惯那些事！"他两个同行也十分赞成，都说："哪怕土匪把咱抢了，咱也不跟他相跟了。"吃过饭以后，铁锁向小喜说他们三个人要走山路回去，小喜向鸭脖子道："要是那样，你明天就也穿军衣吧！"又向铁锁道："那也可以，你就把军衣脱下来给他！"铁锁这时只求得能分手就好，因此便把一个月工夫换来的一身单军服脱下交给他们，第二天彼此就分

――――――――――
① "捣蛋"，原版作"倒蛋"。下同。

手了。

春喜是一路汽车坐到家了。小喜是一路官差送到家了。铁锁啦？几天山路也跑到家了，虽然还碰到过一次查路的，不过票子藏得好，没有失了。

山西票子越来越跌价，只能顶两毛钱了。小喜存的山西票，跑到晋城军队上贩成土①；铁锁不会干这一套，看着票子往下跌，干急没办法。又迟了多长时间，听说阎锡山又回太原当绥靖主任②去了，票子又回涨到两毛五。这时正是阴历年关，福顺昌掌柜王安福以为老阎既然又回太原，票子一定还要上涨，因此就放手接票——讨账也是山西票，卖货也是山西票。这时候，铁锁的一百来元山西票本来很容易推出手，不过他见王安福放手接票子，也以为票子还要涨，舍不得往外推，只拿出十几元来在福顺昌买了一点儿过年用的零碎东西。不料过了年，公示下来了，山西票子二十元抵一元，王安福自然是大霉气，铁锁更是哭笑不得，半年的气力白费了。

后来铁锁的票子，出了一次粮秣借款就出完了。这粮秣借款是在这以前没有过的摊派：不打仗了，外省的军队

---

① 土，即大烟土，料面。

② 当绥靖主任，阎冯倒蒋失败后，阎锡山逃到大连，以后又返回五台河边村。"九一八"事变后，全国人民一致要求抗日救亡。蒋介石"捐弃前嫌"，委派阎锡山为太原绥靖公署主任。1932 年 2 月 29 日，阎到太原就职。

李家庄的变迁

驻在山西不走，饭总要吃，阎锡山每隔两个月便给他们收一次粮秣借款，每次每一两粮银①收七元五。铁锁是外来户，外来户买下的地当然粮银很重，虽然只剩下五亩沙板地，却纳的是上地粮，银数是五钱七分六，每次粮秣借款该出现洋四元三毛二，合成山西票就得出八十六元四。

自从派出粮秣借款以后，不只铁锁出不起，除了李如珍、春喜等几家财主以外，差不多都出不起。小毛是闾长，因为过了期收不起款来，偷跑了。不断有散兵到村找闾长，谁也不想当，本地户一捏弄，就把铁锁选成了闾长。铁锁自戴上这顶愁帽子之后，地也顾不得上，匠人也顾不得当，连明带夜忙着给人家收款。在这时，阎锡山发下官土②来，在乡下也由闾长卖③。像李如珍那些吸家，可以在小喜那里成总买私土；只有破了产的光杆烟鬼，每次只买一分半分，小喜不愿支应，才找闾长买官土。按当时习惯，买官土要用现钱，不过这在别的闾里可以，铁锁这些外来户，不赊给谁怕得罪谁，赊出去账又难讨，因此除了收粮秣借款以外还要讨官土账。借款也不易收，土账也不易讨，自己要出的款也没来路；上边借款要得紧

---

① 粮银，旧时一种税收制度。把土地按肥瘦、远近分成等，以等定银两，然后，按银两派粮派款。

② 官土，又叫"戒烟药饼"，不过那只是官家那样叫，老百姓都叫"官土"。——作者原注。（编者：原版为夹注）

③ "卖"，原版为"代卖"。

了，就把卖官土钱缴了借款；官土钱要得紧了，又把收起
来的借款顶了官土钱；两样钱都不现成，上边不论要着哪
一样，就到福顺昌先借几块钱缴上。这样子差不多有年把
工夫，客军走了，地方上又稍稍平静了一点儿，小毛看见
闾长又可以当了，和李如珍商量了一下，把铁锁的闾长
换了，仍旧换成小毛。铁锁把闾长一交代，净欠下福顺昌
四十多元借款，算起来有些在自己身上，有些在烟鬼们身
上，数目也还能碰个差不多，只是没有一个现钱，结果又
托着杨三奎和修福老汉去跟福顺昌掌柜王安福商量了一
下，给人家写了一张文书。

六

铁锁自从当了一次闾长以后，日子过得更不如从前
了，三四年工夫，竟落得家无隔宿之粮，衣服也都是千补
万衲，穿着单衣过冬。他虽然是个匠人，可是用得起匠人
的家，都怕他这穷人占小便宜，不愿用他，因此成天找不
到事，只好这里求三合^①，那里借半升，弄一顿吃一顿。

到了民国二十四年这一年，在家里实在活不下去了，
叫才长到八岁的小胖孩给人家放牛去，自己又和几个同行

---

① 合，音 gě，量粮食的器具。一升的十分之一。

李家庄的变迁

往离家远一点儿的地方去活动——不过这次却因为没有盘缠，不能再去太原，就跟着几个同行到县城里去。在城里找到一家东家，就是当年在五爷公馆吃着西瓜谈"归班"的那个胖子。这人姓卫，这几年在阎锡山的"禁烟考核处"[1]当购料员，在绥远买土发了财，成了县里数一数二的大绅士，要在城里修造府第，因此就要用匠人。铁锁和同去的几个人，和包工头讲了工价，便上了工。

这一年的上半年，铁锁的家里好过一点儿，下半年秋收以后，虽然除给福顺昌纳了利钱以后不余几颗粮食，可是铁锁和小胖孩都不在家，光二妞一个人在家也不吃什么。

可惜不几天就发生了意外的事：上边公事下来了，说共产党的军队从陕西过河来了，叫各地加紧防共，宁错杀一千个老百姓，也不叫放走一个共产党。县长接着这公事，跟疯了一样，撒出防共保卫团和警察到处捉人——凡是身上有一两个铜圆、一两条线、小镜子或其他不常见的物件，都说成共产党的暗号，逃荒的、卖姜的、货郎担子……一切外来的生人，一天说不定要捉多少、杀多少，有一天就杀了一百五六十个。警察们每夜都打着手电筒到匠人们住的地方查好几遍，因为搜着身上有铜圆还杀了两

----

① "禁烟考核处"是卖官土的总机关。——作者原注。（编者：原版为夹注）

个匠人。这时候，匠人们固然人人怕捉，胖子东家是听说共产党来了要杀他们这些仗势欺过人的人，因此也怀着鬼胎无心修造了；况且天气也冷了些，泥水也快冻了。这样几头赶趁，工也停住了，铁锁和许多匠人们便都解散回家。回到村，村公所里也忙着办防共，春喜当了公道团[①]村团长，小喜当了防共保卫团村团长，所有壮丁一律都得当团丁，由小喜训练。铁锁回去马上就得去受训。

这年冬天，山西军队调动得很忙，中央军也来山西帮忙防共，地方上常有军队来往。老百姓因为经过民国十九年那次混乱，一见过兵自然人人担忧。

杨三奎的闺女巧巧，原来许给二姐的弟弟白狗，这是杨三奎最小的一个闺女，这时已经十八岁了，因为兵荒马乱，杨三奎放心不下，便追着修福老汉给白狗娶亲。修福老汉一来觉着孙孙白狗已十九岁，也是娶亲的时候了，二来自己家业不大，趁这荒乱年间，一切可以简单些，也就马上答应，就在这[②]年阴历腊月三十日给白狗娶亲。修福老汉虽然日子过得不怎样好，又是外来户，可是因他为人正直，朋友也还不少。大家也知道他破费不起，自己也都是些对付能过的小户人家，就凑成份子买了些现成的龙凤

①公道团原来也是阎锡山组织起来的防共团体。——作者原注。（编者：原版为夹注）
②"这"，原版作"本"。

李家庄的变迁

喜联给他送一送礼；这地方的风俗，凡是送这种对联的，酬客时候都是有酒无饭，一酒待百客。事过之后，修福老汉备了些酒，在刚过了阴历年的正月初三日酬客。

这天晚上，铁锁也在修福老汉家替他招呼客人。热闹过一番之后，一般的客人都散了，只剩下像冷元他们那些比较亲近一点儿的邻居们和林县的乡亲们，大家因为才过了年没有什么事，就仍然围着酒桌，喝着剩下来的一壶酒谈闲话。他们谈来谈去，谈到防共的事情上，冷元向铁锁道："小喜成天给咱们讲，说共产党杀人如割草，可是谁也没有真正见过。你是登过大码头走过太原的，你是不是见过啦？"

这一问，勾起铁锁的话来了；铁锁自那年从太原回来之后，直到现在，因为一个"忙"一个"穷"，从没有跟别人谈过心。他并不是没有心病话，只是没有谈过。他自从碰上小常，四五年来一天也没有忘记，永远以为小常是天下第一个好人；每遇上看不过眼的事，就想起小常向他说的话："总得把这伙仗势力不说理的家伙们一齐打倒，由我们正正派派的老百姓们出来当家，世界才能有真理。"当年他听老木匠说小常是共产党，又听说自从民国十六年阎锡山就杀起共产党来了，他就以为共产党是小常这类人，可惜以后再不听有人说起，直到五六年后的现

在，才又听说起这个名字^①来。他在城里初听说共产党过
了河，他非常高兴，以为这一下就可以把那些仗势欺人的
坏家伙们一齐打倒了；后来见县里杀人杀得那么多，军队
调动得那么忙，他又以为打倒这些坏家伙们也不是一件
容易的事，因为坏家伙们有权，有官府的势力给撑腰。不
过他这时候的想法和五六年前不同了：在五六年前他还以
为像小常这种人数目总不多，成不了事；这时候他听说共
产党能打过黄河来占好几个县，又见那些坏家伙们十分
惊慌，他想这势力长得也不小了，纵然一时胜不过官府势
力，再长几年一定还会更大，因为他还记得小常说："只
要大家齐心，这些坏家伙们还是少数。"他记得小常还说
过"有办法能叫大家齐心"，可惜他还没有把这办法告自
己说，就叫人家把他捉走了。他想现在打过河来这些人一
定是懂得这个办法的，等打到咱这地方，一定会把这办法
也告大家说。他既然有这样一套想法，因此在这年冬天，
虽然还过的是穷日子，心里却特别高兴，不论听小喜、春
喜那些人说共产党怎样坏，他听得只是暗笑，心里暗暗
道："共产党来了就要杀你们这些家伙们呀！看你还能称
几天霸？"这些都只是铁锁心上的话，并不曾向人家^②说
过。这天晚上冷元问起他来，他正憋着一肚子话没处说，

---

① "字"，原版作"子"。
② "家"，原版缺。

李家庄的变迁

又是才过了年，又都是些自己人，刚才又多喝了几盅酒，因此说话的兴头就上来了。他说："我见过一个，不过说起来话长，你们都听不听？"大家叫小喜、春喜训了几个月，也没有见过一个共产党，自然都很愿意听，都说："说吧！反正明天又没有什么事，迟睡一会儿有什么要紧？"铁锁一纵身蹲在椅子上，又自己斟得喝了一盅酒，把腰一挺头一扬，说起他在太原时候的事情来。铁锁活了二十七岁，从来也没有这天晚上高兴，说的话也干脆有趣，听的人虽然也听过好多先生们演说，都以为谁也不如铁锁，他把他在太原见的那些文武官员，如参谋长、小喜、河南客、尖嘴猴、鸭脖子、塌眼窝、胖子、柱子等那些人物、故事，跟说评书一样，枝枝叶叶说了个详细；说到满洲坟遇小常，把小常这个人和他讲的话说得更细致，叫听的人听了就跟见了小常一样；说到小常被人家捉去，他自己掉^①下泪来，听的人也个个掉泪。最后他才说出"听一个老木匠说小常是共产党"。

他的话讲完了，听的人都十分满意。大家成天听小喜说共产党见人就杀，见房就烧，早就有些不大信，以为太不近情理，以为世界上哪有专图杀人的人，现在听铁锁这样一说，才更证明了小喜他们是在那里造谣。冷元又问

①"掉"，原版作"吊"。下同。

104

道："这么说来，共产党是办好事的呀！为什么还要防共啦？"没有等铁锁开口，就有人替他答道："你就不看办防共的都是些什么人？像铁锁说的那些参谋长啦，三爷五爷啦，五爷公馆那一伙啦；又像放八当十的六太爷啦，咱村的村长啦，小喜春喜啦……他们自然要防共，因为共产党不来是他们的世界，来了他们就再不得逞威风了，他们怎么能不反对啦？"冷元道："这么说起来，咱们当防共保卫团，是给人家当了看门狗了吧？"大家齐笑道："那当然是了！"话谈到这里，夜已深了，大家也就散了。

这几个听了铁锁谈话的人，都以为共产党是好人，虽然人家防范得过严，谁也不敢公开说共产党的好处，可是谁没有个亲近的朋友，一传十，十传百，不几天，村里的好人都知道小喜春喜他们那一套训练是骗人的了。幸而没人跟小喜春喜那些人说，因此他们不知道这些话，只不过觉着防共团的团丁们越来越松罢了。

"共产党专打小喜他们那一类坏家伙，不杀老百姓。"这个消息越传越普遍，传得久了，小喜春喜他们多少听到些风，着实问起来，谁都听的是流言，都不知道是从哪里传来的。可惜后来仍然不免惹出事来，这话又是冷元那个冒失鬼说漏了的。

原来杨三奎的小闺女巧巧长得十分清秀，出嫁以后当了新媳妇，穿得更整齐一点儿，更觉可爱，都说是一村里头一个好媳妇。小喜是个酒色之徒，自己也不讲个大小，见哪家有好媳妇，就有一搭没一搭到人家家里闲坐；自从巧巧出嫁了，他就常到白狗那里去。白狗这小孩子家，对他也没有办法，修福老汉也惹不起他，他来了，大家也只好一言不发各做各的活，等他坐得没意思了自己走。一天冷元在白狗家，白狗和他谈起小喜怎么轻贱，冷元说："共产党怎么直到如今还不来？你姐夫不是说来了就要杀小喜他们那些坏家伙吗？"这时候小喜刚刚走到院里，听见这话，就蹑着脚步返回走了。

小喜回去把这话向春喜说了，春喜这几天正因为防共没有成绩受了区团长的批评，就马上把这事写成一张报告呈给区团长，算作自己一功。区团报县团，县团转县府，县府便派警察捉去了铁锁。

要是早半年的话，铁锁就没有命了，这时已是民国二十五年的夏天，一来共产党又退回陕西，山西防共的那股疯狂劲已经过去；再者这位县长太爷在上一年冬天杀人最凶的时候，共产党在他住的房子门上贴过张传单，吓得他几夜睡不着觉，以后对共产党也稍稍客气了一点儿，因此对铁锁这个案件也放宽了一点儿。他问过铁锁一堂之后，觉着虽然也与共产党有过点关系，可是关系也实在太小，既杀不得也放不得。因为公道团向各村要防共成绩，各村差不多都有胡乱报告的，像铁锁这样案情的人就有一大群，后来县长请示了一下，给他们开了个训导班，叫他们在里边一面做苦工一面受训——训练的课程，仍是铁锁听小喜春喜说过几千遍的那一套。办这个训导班的人，见这些受训人都是些老老实实的受苦汉，就把他们当成自己的不出钱伙计，叫他们做了一年多的苦工。直到"七七"事变以后，省城早经过好多人要求把政治犯[①]都释放了，他们仍连一个也舍不得放出来。后来还是牺盟会[②]来了要动员群众抗日，才向县府交涉，把这批人放出去。

七

山西的爱国人士组织的牺牲救国同盟会[③]，在"七七"事变后，派人到县里来发动群众抗日。这时候，八路军已经开到山西打了好多大仗，在平型关消灭了日本的板垣师团。防共保卫团也已经解散了，铁锁住的这个训导班再没有理由不结束。结束的时候，牺盟会派了个人去给他

①"政治犯"后，原版有夹注："（就是和官府主张不同被扣起来的人）"。
② 牺盟会是牺牲救国同盟会的简称。——作者原注。按，"牺盟会"是1936年至抗日战争初期在山西省成立的一个地方性的群众抗日团体"山西省牺牲救国同盟会"的简称。该团体和共产党密切合作，在山西的抗日战争中起了重大的作用。1939年12月阎锡山在山西省西部公开发动摧残"牺盟"，许多共产党员、"牺盟"的干部和群众中的进步分子遭到了残酷的杀害。"牺盟"的各级负责人叫特派员。
③"会"后，原版有夹注："（简称'牺盟会'）"。

李家庄的变迁

们讲了一次话，话讲得很简单明白，无非是"国共已经合作了，这种反共训导班早应结束了，以后谁再反共谁就是死顽固"，"大家回去要热心参加抗日工作"……这一类抗战初期动员群众的话，可是听话的人差不多都是因为说闲话提了提共产党，就被人家圈起来做了一年多苦工，在这一年多工夫中，连个"共"字也不敢提了，这时听了这话，自然大大松了一口气，觉着世界变了样子。

铁锁自己，听话还是其次，他注意的是 ① 说话的人。当这人初走上讲台，他看见有点像小常——厚墩墩的头发，眼睛好像打闪，虽然隔了六七年，面貌也没有很改变；说话的神情语调，也和他初搬到满洲坟在院子里听他第一次讲话时一样。在这人讲话时候，他没有顾上听他说的是什么，他只是研究人家怎样开口，怎样抬手，怎样转身……越看越像，越听越像。这场讲话，差不多一点钟工夫就结束了，大家都各自回房收拾行李准备回家，铁锁也顾不得回房里去，挤开众人向这讲话的人赶来。

他赶上来，本来想问一声是不是小常，走到跟前，看见人家穿得一身新军服，自己滚得满身灰土，衣裳上边又满是窟窿，觉着丢人。"倘或不是小常，又该说些什么？"他这样想着，怎么也不好意思开口。可是他又觉着，如果

---

① "是"后，原版有"研究"。

真是小常，也不可当面错过，因此也舍不得放松，就跟着走出街上来。一年多不见街上的景致，他也顾不得细看，只是跟着人家走。跟了一段，他想，不问一下总不得知道，就鼓着勇气抢了几步问道："嗳！你是不是小常先生？"那人立刻站住，回过头来用那闪电一样的眼睛向他一闪，愣了一愣返回来握住他的手道："这么面熟，怎么想不起来？"铁锁道："在太原满洲坟……"那人笑道："对对对！就是后来才搬去的那一位吧？晚上提了许多问题，是不是？"铁锁道："就是！"那人的手握得更紧了，一边又道："好我的老朋友！走，到我那里坐坐去！"他换了左手拉着铁锁的右手跟他并走着，问铁锁的姓名住址，家庭情形。铁锁自然也问了些他被捕以后的事。

铁锁因为酒后说了几句闲话，被人家关起来做了一年多苦工，这时不只自己出了笼，又听说真正的共产党也不许捉了，又碰上自己认为的天下第一个好人，你想他该是怎样高兴呢？他连连点头暗道："这就又像个世界了！"他虽跟小常拉着手并肩走着，却时时扭转头看小常，好像怕他跑了一样。街上的热闹，像京广杂货、饭馆酒店、粮食集市、菜摊肉铺……人挤人、人碰人，在他看来毫不在意，好像什么也没有看见，只看见身边有个小常。

不大一会儿，走到牺盟会，小常请他喝了盅茶以后，

李家庄的变迁

就问起他近几年村里的情形来。铁锁自从打①太原回来以后，六七年来又满满闷了一肚子气，恨不得找小常这样一个人谈谈，这时见了原人，如何肯不谈？他恐怕事情过长，小常不耐烦听，只从简短处说；小常反要他说得详细一点儿，听不明的地方还要拦住问个底细，说到人名地名还问他是哪几个字。他一边谈，小常一边用笔记。谈了一会儿，天晌午了，小常就留他在会里吃饭，吃饭时候又把他介绍给五六个驻会工作的同志们认识。吃过饭，仍然接着谈，把村里谁是村长、谁是公道团长、谁是防共保卫团长，每天起来干些什么勾当，自己因什么被关起来做了一年多苦工……详详细细谈了一遍。谈完以后，小常向他道："我们这里派人到你村去过一次，不过像你说的这些情形，去的人还没有了解。现在你村里也有一点儿小变动！"说着他又翻出派去的人寄来的报告信看着道："村长换成外村人了，听说是在太原受过训的。李如珍成了村副。防共保卫团改成抗日自卫队了，不过队长还是小喜，公道团长还是春喜。"

铁锁听了这种变动，叹了一口气道："难道李如珍小喜春喜这些人的势力是铁钉钉②住了吗？为什么换来换去总是他们？你不是说过'非把这些坏家伙们打倒，世界不

① "打"，原版无。
② "钉"，原版作"定"。

能有真理'吗？你不是说过'有个办法能叫大家齐心'吗？可惜那时候你没有告我说这个办法就叫人家把你捉走了。如今我可要领领这个教！"小常哈哈大笑道："好，我的老朋友！你真是个热心热肠的人！这个办法我今天可以告给你了：这个办法并不奇，就是'要把大家组织起来'。这么说也很笼统，以后我们慢慢谈吧！我们牺盟会就是专门来干这事的，不只要对付这些家伙们，最重要的还是抵抗日本帝国主义。不过不对付这些家伙们，大多数的好老百姓被他们压得抬不起头来，如何还有心抗日？这些事马上说不明白，一两天我就要到你们那一区的各村里去，也可以先到你们村子里看看，到那时候咱们再详细谈吧！你一年多了还没有回去啦，可以先回去看一下，等几天我就去了。"铁锁又道："你是不是能先告我说怎样把大家组织起来，我回去先跟几个自己人谈谈。"小常见他这样热心，连声答道："可以可以！你就先参加我们牺盟会吧！"说着就给他拿出一份牺盟会组织章程和入会志愿书，给他讲解了一下，然后问他会写字不会。他说写不好，小常便一项一项问着替他往上填写，写完又递给他看了一下，问他写得对不对。他看完了完全同意，又递给小常收起来。小常又告他说："就照这样收会员，以后有什么要做的事，大家开会决定了大家来做，这就叫组织起来了。"又给他拿了几份组织章程道："你回去见了你自己以为真正的好

李家庄的变迁

人，就可以问他愿意入会不；他要愿意，你就可以算他的介绍人，介绍他入会。我们派出去那个同志姓王，还在你们那一带工作，谁想入会，可以找他填志愿书，我可以给他写个信。"说着他便写了个信交给铁锁。

太阳快落的时候，铁锁才辞了小常回自己住了一年多的那个圈子里收拾行李。他回去见人已经走完了，灶也停了，只剩自己一条破被几件破衣服，堆在七零八落的铺草堆里。他把这些东西捆好以后，天已黑了，没钱住店，只好仍到牺盟会找着小常住了一夜。第二天早上，小常又留他吃过早饭，他便回家去了。

他在回家的路上，一肚子高兴憋得他要说话，可是只有他一个人，想说也没处说，有时唱几句戏，有时仰天大叫道："这就又像个世界了！"八十里小跑步，一直跑回村子里去。这时正是收罢秋的时候，村里好多人在打谷场上铡草，太阳虽然落了却还可以做一阵活，见他回来了，就都马上停了工，围着他来问询。孩子们报告了二妞，二妞也到场上来看他。

他第一个消息自然是报告"小常来了"。这个消息刚一出口，一圈子眼睛一下子都睁大了许多，一齐同声问道："真的？""在哪里啦？"他便把在县里遇小常的一段事情说了一遍。原来这村里知道小常的，也不过只是上年正月初三在修福老汉家听铁锁谈话的那几个人，可是自铁锁被捕以后，知道的人就越来越多了，因为铁锁一被捕，谁也想打听是为什么来，结果就从冷元口中把铁锁那天晚上谈的话原封传出去，后来春喜知道了，又把冷元弄到庙里，叫他当众说了一遍，在春喜是想借冷元的话证明铁锁真与共产党有过关系，以便加重他的罪，可是说了之后，反叫全村人都知道世界上有小常这样一个好人了。大家这会儿见铁锁说小常不几天要来，都说："来了可要看看是怎么样一个人啦！"

这天晚上，铁锁又到修福老汉那里问他近来村里办公人的变动，修福老汉说的和小常接到王同志的报告差不多，只是又说这位新来的村长，是春喜一个同学，说是受过训，也不过是嘴上会说几句抗日救国的空话，办起事来还跟李如珍是一股劲，实际上还跟李如珍是村长一样。又谈到牺盟会派来的王同志，修福老汉道："是一个十六七岁的小孩子，说话很伶俐，字写得也很好，可惜人太年轻，不通世故。他来那几天，正是收秋时候，大家忙得喘不过气来，他偏要在这时候召集大家开会。老宋打了几遍锣，可是人都在地里，只召集了七八个老汉跟几个六七岁的小孩子，他不知道是因为人忙，还说大家不热心。"铁锁又说到小常叫他回来组织牺盟会，修福老汉道："已经组织起来了，我看那也没有什么用处。"铁锁觉着奇怪，忙问道："几时组织的？谁来组织的？"修福老汉道："还

李家庄的变迁

是姓王的那个孩子来的时候，叫村长给他找个能热心为大家办事的人，忙的时候，正经人都没工夫，村长给他找了个小毛陪他坐了半天。他走后，小毛跟村里人说人家托他组织牺盟会，前天才挨户造名册，可不知道报上去了没有。"铁锁听罢摇着头道："想不到这些家伙们这样透脱，哪一个缝子也不误钻！"

他虽然白天跑了八十里路，晚上又谈了一会儿话，回去仍然没有睡着。自他被捕以后，二妞到城里去探过他三次：第一次人家说还没有判决，不让见面；第二次第三次，虽然见了，又只是隔着门说了不几句话，人家就撵她走了，因此也没有看清自己的丈夫累成了什么样子，只是盼望他能早些出来就是了。这时，人是来了，可是身上糟蹋得变了样子：头发像贴在头上的毡片子，脸像个黄梨，袖子破得像两把破蒲扇，满身脏得像涂过了漆，两肘、两膝、肩膀、屁股都露着皮，大小虱子从衣服的窟窿里爬进去爬出来。二妞见人家把自己的男人糟蹋成这个样子，自然十分伤心，便问起他在县里是怎么过，听铁锁说到怎样喝六十年的老仓米米汤，怎样睡在草堆里，抬多么重的抬杆，挨多么粗的鞭子……惹得她抱住铁锁哭起来。铁锁从小就心软，这几年虽说磨炼得硬了一点儿，可是一年多没有见一个亲人了，这会儿见人这样怜惜自己，如何能不心恸，因此也忍不住与她对哭。两口子哭了一会儿，二妞又说了说近一年来家里的困难，最后铁锁又告她说世界变了，不久就要想法打倒那些坏家伙，说着天就明了。

八

二妞虽然过的是穷日子，却不叫累了身面，虽是补补衲衲的，也要洗得干净一点儿。铁锁这一身，她以为再也见不得人，马上便要给他洗补。窟窿又多，又没有补丁[①]布，只好盖上被子等。

二妞到河里去洗衣服，家里再没有别人，邻居们来看他，他只好躺着讲话；邻居们走了，他就想他自己的事。他想："小常说组织起来就是办法，也说的是组织好人，像小毛这些东西，本来就是那些坏家伙的尾巴，组织进去一定不能有什么好处。"小常给他写的信他还带着，在路上还打算一到家就先去找王同志，到这会儿看起来这王同志也不行，因此就决定暂且不去找他。小毛既然也在村里组织牺盟会，自己就且不去组织，免得跟他混在一起，还是再到县里去一趟，先把这些情形告给小常知道。晌午吃饭时候，冷元一伙人又端着碗来跟他闲谈，说到组织牺盟会，大家也说："要想法子不跟小毛这些人碰伙，免得外

①"补丁"，原版作"补"。

人认不清咱们是干什么的。"这样一说，越发帮助他打定了先到县里见小常的主意，他便想等这天补好衣裳，第二天就去。

天气冷了，洗出来的衣服不快干，直等到半后晌才干了，二妞便收回来给他补。衣服太破，直补到快吃晚饭，才补完了个上身。就在这时候，看庙的老宋来了，说庙里来了个牺盟会的特派员要找他。他问老宋道："是不是二十五六岁一个人，头发厚墩墩的，眼睛像打闪，穿着一身灰军服？"老宋道："就是！"他一下从被子里坐起来向二妞道："小常来了！快给我衣裳！"老宋问道："那就是小常？"他说："是！"老宋见他还没有穿衣裳，便向他道："你后边来吧！我先回去招呼人家。"说了便先走了。二妞把补好了的夹袄给他，又拿起裤来看着上面的窟窿道："这太见不得人了，你等一等我给你去借白狗一条裤子去！"说着她便跑出去了。修福老汉住的院子，虽说离不多远，走起来也得一小会，要找白狗的裤，巧巧自然也得翻一会儿箱，铁锁去见小常的心切，等了一下等得不耐烦了，就仍然穿起自己的窟窿裤来往庙里去，等到二妞借裤回来，铁锁已经走到庙里了。

裤子虽没有趁上用，"小常来了"的消息却传出去了——巧巧传白狗，白狗传冷元。什么事情只要叫冷元知道了，传起来比电话还快，不大一会儿就传遍全村，在月光下只听得满街男女都互相问询："来了？""来了？"

铁锁到了庙里，见村公所已经点上灯，早有村长、春喜、小毛他们招呼着小常吃过饭，倒上茶。铁锁一进去见他们这些人坐在一块，还跟往日一样，站在门边。村长他们三个人自然没有动，小常却站起来让座，铁锁很拘束地凑到小毛坐着的板凳尖上，小毛向铁锁道："这是牺盟会的县特派员，见了面也不知道行个礼？"小常微笑着道："我们是老朋友！"说着和铁锁握了一下手，让他坐下。铁锁在这种场面上，谈不出话来，村长他们见桌面上插进铁锁这么个味气全不相投的老土，自然也没有什么要谈的话，全场静了一会儿，只听得窗外有好多人哼哼唧唧，村长向着窗喊道："干什么？"窗外的人们哗啦啦啦都跑出庙门外去了。

小常看见这里不是老百姓活动的地方，就站起来向铁锁道："我上你家里看看去！"铁锁正觉着坐在这里没意思，自是十分愿意，便领着小常走出来。到了庙门口，被村长喊跑了的那伙人还在庙门口围着，见他两人出来了，就让出一条路来，等他两人走过去，跟正月天看红火一样，便一拥跟上来。到了铁锁门口，铁锁让小常往家里去，小常见人很多，便道："就在外边坐吧！"说着就坐在门口的碾盘上。看的人挤了一碾道，妇女、小孩、老汉、老婆……什么人都有，有个孩子挤到碾盘上，悄悄在小常

李家庄的变迁

背后摸了摸他的皮带。冷元看见小毛也挤在人缝里，便故意向大家喊道："都来吧！这里的衙门浅！"大家都轰的一声笑起来，小常听了，暗暗佩服这个人的说话本领。铁锁悄悄向小常道："这说话的就是冷元，就是我跟你说的那个好说冒失话的。"又见大家推着冷元低声道："去吧去吧！"大家一手接一手把他推到碾盘边，冷元向铁锁道："大家从前听你说，这位常先生很能讲话，都想叫你请常先生给我们讲讲话！"铁锁顺便向小常道："这就是冷元。"小常便向冷元握手相认。冷元又直接向小常道："常先生给我们讲讲话吧？"小常看见有这么多的人，也是个讲话的机会，只是他估量这些人都还没有吃过晚饭，若叫他们吃了饭再来，又怕打断他们听话的兴头，因此就决定只向他们讲一刻钟。主意已定，便回答冷元道："可以！咱们就谈一谈！"他看见旁边有个簸米台，便算成讲台站上去。听话的人还没有鼓掌的习惯，见他站上去，彼此都小声说："悄悄！不要乱！听！"马上人都静下来，只听他讲道：

"老乡们！我到这里来是第一次，只认得这位铁锁，我们是前六七年的老朋友。不过我到这里，可也不觉得很生，咱们见一面就都是朋友——比方我跟铁锁，不是见了一面就成朋友了吗？朋友们既然要我讲话，我得先说明我是来做什么的。我是本县牺盟会的特派员，来这里组织牺盟会。这个会叫'牺牲救国同盟会',因为嫌这么叫起麻烦,才^①叫成'牺盟会'。大家知道不知道为什么要救国啦?"

有些说:"知道!因为日本打进来了。"小常接着道:"好几个月了,我想大家也该知道一点儿,这里我就不多说了。这'打日本救中国'是我们大家的事,应该大家一齐动起来,有钱的出钱,大家出力。从前是有钱的不肯拿出钱来,只在没钱人的骨头里榨油,这个不对,因为救国是大家的事,日本人来了有钱人受的损失更大,不应该叫大家管看门,有钱人光管睡觉——力是大家出,可是有钱人一定得拿出钱来。"

有人悄悄道:"人家认这个理就是对!"小常接着道:"至于大家出力,要组织起来才有力量。这个'组织起来'很不容易。要听空名吧,山西早就组织起来了:总动员委员会^②、自卫队、运输队、救护队、妇女缝纫队、少年除

①"才",原版作"就"。

②总动员委员会,1937年8月在太原成立的抗日民主统一战线的一种组织形式,由各军政机关、民众团体的代表参加,直辖于第二战区司令长官行营。一些重要职务由共产党员担任。各县、区及村都设立战委会,分别负责总动员事务。县区由县长区长、"公道团""牺盟会"各一人("三股头")与当地驻军、民众团体代表组成。街、村由街、村长、小学教员、公道团、牺盟会代表等组成。战委会下设游击队、运输队、自卫队等。自卫队是不脱产的武装组织,16岁以上、50岁以下的男女群众都得参加。

奸团、老人祈祷会，村村都有，名册能装几汽车，可是我问大家，这些组织究竟干过一点儿实事没有？"

　　大家都笑了，因为他们早就觉着这些都没有抵什么事。小常仍接着一气说下去："这种空头组织一点儿也没有用处，总得叫大家都干起实事来，才能算有力量的组织。为什么大家都不干实事啦？这有两个原因，就是大多数人，没有钱，没有权。没有钱，吃穿还顾不住，哪里还能救国？像铁锁吧：你们看他那裤子上的窟窿！抗日要紧，可是也不能说穿裤就不要紧，想动员他去抗日，总得先想法叫他有裤穿。没有权，看见国家大事不是自己的事，哪里还有心思救国？我对别人不熟悉，还说铁锁吧：他因为说了几句闲话，公家就关起他来做了一年多苦工。这个国家对他是这样，怎么能叫他爱这个国家呢？本来一个国家，跟合伙开店一样，人人都是主人①，要是有几个人把这座店把持了，不承认大家是主人②，大家还有什么心思③爱护这座店啦？没钱的人，不是因为懒，他们④一年到头不得闲，可是辛辛苦苦一年，弄下的钱都给人家进了贡——完粮、出款、缴租、纳利、被人讹诈，项

---

① "都是主人"，原版作"都有股份"。
② "主人"，原版作"股东"。
③ "思"，原版作"事"。
④ "他们"，原版缺。

目很多，剩下的 ① 就不够穿裤了；没权的人，不是因为没出息，是因为被那些专权的人打、罚、杀、捉、圈起来做苦工，压得大家都抬不起头来了。想要动员大家抗日，就得叫大家都有钱，都有权。想叫大家都有钱，就要减租减息，执行合理负担，清理旧债，改善群众生活；想叫大家都有权，就要取消少数人的特别权力，保障人民自由，实行民主。这些就是我们牺盟会的主张，我们组织牺盟会就是要做这些事。至于怎样组织，怎样行动，马上也谈不到底，好在我明天还不走，只要大家愿意听，咱们明天还可以细谈。"

十五分钟的讲话结束了，大家听得特别清楚的就是有了裤子才能抗日，有了权才愿救国，至于怎样减租减息，执行合理负担，实行民主……还只好等第二天再听。不过就听了这一点儿大家也很满意，散了以后，彼此都说"人家认理就是很真"，"就是跟从前衙门派出那些人来说话不同"。

二妞只顾听话，一小锅菜汤滚得只剩下半锅。铁锁见小常讲完了话，就把他招呼 ② 到自己家里，一边吃饭，一边向他谈近来村里的情形。白狗冷元们几个特别热心时事的人，不回去吃饭就先凑到铁锁家里来问长问短。当铁锁

---

① "的"，原版缺。
② "呼"，原版作"待"。

李家庄的变迁

把王同志请来了以后，小毛在村里组织牺盟会的事说出来，小常道："王同志一来人年轻，二来不了解村里的情形，因此错把小毛当成好人，这我可以给他写个信，提醒他一下。以后他来了，你们也可以再把村里的情形向他细谈一下。小毛造的那个名册①，我们不承认它，我们这牺盟会的组织章程，是要叫入会的人，先了解我们的主张，然后每个人自愿地找上介绍人填上志愿书，才能算我们的会员。"铁锁道："他造的名册我们可以不承认；可是他自己入会是王同志介绍的，怎么才能把他去了呢？"小常笑道："这个我想可以不用吧！他从前为人虽说不好，现在只要他不反对我们的主张，我们能不叫人家救国吗？"冷元抢着道："不行不行！他跟我们是两股劲，怎么能不反对我们的主张？像你说那'有钱的出钱'，我先知道他就不会实行。他虽是个有钱的，可是进得出不得，跟着李如珍论人可以！"小常道："这也不怕他；只要他入了会，就得叫他实行会里的主张；什么时候不实行我们的主张，我们大家就开除他出会。"冷元笑向铁锁道："这也可以！以后有了出钱的事，就叫他出钱；他不出钱，就撵他出会。"白狗跟另外几个青年都向冷元笑道："对！这么着管保开除得了他！"小常笑问他们道："不许人家变好了？"冷元

---

① "造的那个名册"，原版作"造那名册。"

道："还变什么啦？骨头已经僵硬了！"小常道："不过咱们既然收下他，还是盼他变好；实在变不过来，那也只好不再要他。"要不要小毛的问题，就谈到这里算了，冷元他们几个人又问了些别的事，也都回家吃饭去。小常写了一封信，交给铁锁，叫他第二天早晨到区上去叫王同志，铁锁便送他回庙里睡去。

当小常在铁锁门口讲话的时候，小毛也在那里听；后来小常讲完了话到铁锁家里去了，小毛赶紧跑到庙里向村长春喜他们报告，说小常说了些什么什么。春喜说："这样看来，他们跟我们是反对的。不过这牺盟会现在的势力很大，要好好抓住这机会，把它抓到咱们手里。你既然跟那个姓王的孩子接过头，又造了名册，你自然是这村里第一个会员了，那你今天晚上就向这特派员报告工作。要跟他表示亲近一点儿！"小毛又跟他计了一会儿对付小常的话，春喜就回去了。他一见小常，就站起来低声下气道："回来了，特派员？我正说去接你啦！老宋！倒茶！"老宋倒上茶来，小毛①又接着道："累了吧，特派员？你讲的话真好，真对！非大家组织起来不能救国！我自从听说日本打进咱中国来，早就急得不行了，可惜有力也使不上，不知道该怎样才能救国。那天咱会里的王工作员来

---

① "小毛"，原版作"小喜"。

了，要找个能热心给大家办事的人，村长就找到我名下。我也办不了什么事，只是好为大家的事跑个腿帮帮忙，村长既然找到我名下，我就来了。一见了王工作员，我们两人就说对了，王工作员就托我在村里组织牺盟会。如今也组织好了，昨天晚上才造好名册，正预备往上报，特派员就来了。"他说到这里，就到村长的桌上取过他新造的名册来递给小常道："特派员，你看，人还不少！"小常听见他一个"特派员"两个"特派员"，话也说得顺溜溜的，想道："怨不得王同志上他的当，这家伙嘴上还有两下子！"后来他取出名册，小常接住没有翻开就放在桌上道："明天再看吧，今天实在累了！"他见小常不愿意再谈下去，也就顺着小常道："对，特派员跑了路了，就早点歇吧！老宋！给特派员打铺！"说着他便走出来了。

那一边，冷元们从铁锁家里回去吃了饭，又聚到修福老汉家里去谈组织起来的事。他们一致都觉着铁锁说得对，小常就是他们见过的人里边第一个好人。白狗说："这回可不要错过，赶紧请人家组织咱们一下！"只有小常说的不能不叫小毛入会，他们不赞成。有一个说："到组织的时候，只要小毛说话，咱们就碰他。冷元哥！你会说扔砖头话，多多给咱碰小毛几家伙！"又有个说："是平常时候不敢说吧，会说扔砖头话的人多啦！白狗还不是冷元的大徒弟？"还有几个青年说："我是二徒弟！""我是三徒弟！"……修福老汉说："要看势，也不要太过火了！"冷元说："不怕！你不听小常说以后大家都要有权了吗？只要说到理上，他能把咱们怎么样？我看这世界已经变了些了，要不小常这些人怎么能大摇大摆来组织咱们？"有的说："对，胆子放大些吧！"七嘴八舌吵了一会儿，都主张痛痛快快碰小毛一顿。

第二天早晨，铁锁到区上叫王工作员去了，小常在庙里等着。他坐着没事，就在庙里来回游玩。这庙院，上半院仍是神像占着，下半院东西两座大房子，一边是公道团，一边是村公所，正南戏台下边是厨房，东南是大门，西南角房是自卫队队部；左看右看，也没有一个房子能叫牺盟会占。他见大门内还有坐东朝西一间小屋子，开门一看老宋住在里边。老宋问他要什么，他说："没有事，我是闲玩。"说着随手又给他把门闭住。这时候，大门忽然开了个缝，一个很精干的青年伸进一颗头来。这个青年看见有人，正把脖子往回一缩，忽然认得是小常，便笑道："我当是村长来！"他又把门缝开大了一点儿进来了，原来是白狗。小常虽然不知道他的名字，却见过他——头天晚上在碾道讲完了话，他也到铁锁家里去，还问长问短。小常笑向他道："是村长你就不敢进来了？"白狗嘻嘻地笑了。

小常问他道："你找谁？"白狗道："就找你！"小常道：

李家庄的变迁

"找我做什么？"白狗道："问问你几时还给我们讲话啦。"小常道："大家这几天还忙不忙？"白狗道："不很忙了，都杀地啦。大家都想听你讲话。只要你说定几时讲，谈一晌也不要紧！"小常道："晌午再决定吧！决定了我通知你们。"白狗答应着去了，小常就仍回公所的房子里来。

他叫村长给牺盟会找个办事的地方，村长说庙里没有房子了，村里还有一座公房，从前是打更的住的地方，这会儿空着，可以用。村长不愿意叫牺盟会到庙里来，怕他们来了以后，自己跟李如珍、春喜、小喜这些人谈起什么来不方便；小常觉着庙里既然有村公所、公道团，平常的老百姓就不愿意进来，这种成见马上还打不破，况且谈起村里的坏家伙们来也不方便，因此也不愿意把地点弄到庙里来。这样两方的心事一凑合，就决定用庙外的地方了。

早饭时候，铁锁也回来了，王工作员也来了，大家先去看过那座更坊①，决定就在这里。铁锁马上去叫了十几个人来，扫地的扫地，糊窗的糊窗，垒火炉，借桌凳……不多一会儿就把个房子收拾得像个样子。小毛虽然也在里边手忙脚乱卖弄他的热心，可是大家都不搭理他，又故意笑笑闹闹叫他看。

————————

① "看过那座更坊"，原版作"看过房子"。

小常跟王工作员谈了一会儿村情，又叫他以后对哪些人哪些事不明白时候多问铁锁。他们又决定就在当①天午饭以后，再开一个群众大会，重新给大家谈一谈牺盟会的行动纲领和组织纲领，然后叫大家自动入会。

晌午白狗又来问小常几时讲话，小常就顺便告他说吃过午饭要开个群众会。他问过以后，端着碗满村跑，一会儿全村就都知道了。小常吃过饭，向村长说要在下午召开个群众会，村长答应着，正吩咐老宋去打锣，白狗就跑进来向小常道："特派员，请你到更坊门口去讲话啦！"小常道："知道了，正说着去打锣集合啦！"白狗道："不用打了，人都到齐了！"

说着小毛也跑进来请小常去讲话，并且又把那个名册从桌上拿起来道："拿上咱的名册点点名！"小常正准备处理这个名册的事，见他拿上了，也不禁止。

到了更坊门口，男男女女早已坐下一大群，跟坐在戏台下等开戏一样。不知道是哪几个人懂得鼓掌，当小常走近的时候，有两三个人拍起手来，有些孩子们跟着拍，慢慢全场上也就跟着拍起来了。早有人在更坊阶台上放了一张桌，大家都面朝着那里，小常知道那就是讲台，便走上去，王工作员跟上去，小毛也跟上去把名册恭恭敬敬递给

---

① "当"，原版作"本"。

李家庄的变迁

小常。

　　鼓掌声停了，人都静下来，小常翻开名册。这时小毛看见用起他的名册来了，十分得意，冷元铁锁他们几个人却都摇头，暗想："昨天晚上不是说不承认他那个名册吗？为什么还要用它！"只见小常看着最后一个名字叫道："崔黑小！"一个三十来岁的人站起来答道："在！"这人是河南滑县来的一个逃荒的，穿的衣裳，粗看好像挂了几片破布。他好像不敢见人，站起来答了一声就又把头低下。小常问他道："你因为什么入会？"崔黑小用他那豫北话答道："咱不知道！"小常又问道："谁介绍你？"他抬起头来反问道："啥呀？"小常又说了一遍，他仍用他那豫北话道："咱不懂！"冷元他们那些扔砖头话早就预备好了，这个说"谁也不懂"，那个说"只有小毛一个人懂得"，小毛急了，便向崔黑小发话道："不是我介绍的你？"崔黑小道："你问我多大岁数，写了我个名，我也不知道是弄啥啦呀？"扔砖头话跟着又都出来了："查户口啦！""挑壮丁啦！""练习字啦！"……小常便正正经经向小毛道："同志！这样子发展会员是不对的！你想他们连会里的行动纲领组织纲领都不懂，哪里会有作用啦？"小毛分辩道："他是个外路人，不懂话。我不过把他浮记在后边，本来就没有算他。"小常道："噢，原是这样，那就再问问本地人吧！"小常又翻开名册，从头一名李如珍问起。李如珍答了几句笼统话，也说不出具体要做些什么来。小常挨着一个一个往下问，有的老老实实说"不知道"，有的故意说些风凉话——比方说"为了敬老爷""为了娶老婆"……小常问了两张以后，便停住了叫，又正正经经向小毛道："不行！咱们事前的宣传工作不够！"又向大家道："我也不用①再往下问了，看样子是谁也不了解。我们这个会，特别要讲究自愿，总得宣传的人先把会的纲领讲明白，谁赞成我们的纲领，自己找两个会员来介绍，再经过当地的分会组织委员准许，然后填了志愿书，才能算本会会员。现在这个名册作为无效，咱们再重新宣传重新组织。"冷元他们几个人齐喊道："对！"冷元道："又可惜把好几张纸糟蹋了！"小常接着道："现在我先把牺盟会的行动纲领给大家谈谈。"接着就本着牺盟会行动纲领的精神，用老百姓的话演绎了一番，说得全村男男女女都知道牺盟会是干什么的了。

他讲完了行动纲领以后，又说道："现在大家既然知道牺盟会是干什么的了，谁想干这些，就可以自动报名。这个名册上的人，都没有按入会的章程入会，按章程入会的，在你们村子里只有两个人：一个是铁锁同志，我介绍的；一个是小毛同志，王同志介绍的……"才提出小毛的

---

① "用"，原版缺。

李家庄的变迁

名字，大家轰隆轰隆嚷嚷起来："不要小毛！""不要狗尾巴！"……白狗故意挤到前边大声道："为什么不要？特派员说过'有钱的出钱'，人家很有钱，有了人家，会里花钱不困难！"又有人说："会里不用什么钱！不要他！"又有人说："怎么不用钱？花钱路多啦？打日本能不用枪？叫人家老叔给咱买几条枪！"又有人说："你怕他不给你买啦？跟着龙王吃贺雨可以，叫他出钱呀？"冷元说："那可不能由他！你不听特派员说'会员得照着^①纲领办事'吗？'有钱的出钱'是'纲领'，只要他是个会员！"小毛听到要他出钱，已经有点后悔，却也不好推辞，正在踌躇，又听有个人说"出钱也不要他"，他便就着这句话道："大家实在跟我过不去，我不算好了！"又向小常道："特派员，入了会还能退出不能？"小常道："在咱们的组织章程上看，出入都是自由的，不过能不退出还是不退出好，多一个人多一分力量。"小毛低声道："不！大家跟我心思不投，不要因为我一个人弄得会里不和气！"他满以为小常不知道他的为人，才找了几句大公无私的话来卖弄，好像真能为大家牺牲自己。小常早已猜着他是被大家叫他出钱的话吓住了才要退出，可是也不揭破他的底，也很和气地低声笑道："那你看吧！完全由你！"他见准他

---

① "着"，原版作"住"。

退出，除不以为耻，反而赶紧向大家声明道："大家不用说了，我已经请准特派员退出了！"全场鼓掌大笑。

小常怕小毛面上不好看，本不想在当场宣布，这会儿见他自己宣布了，也就宣布道："小毛同志既然一再要退出，我们以后也只好请他在会外帮忙吧！这么一来，你们村子里现在只剩铁锁一个人是会员了。自今天晚上起，我跟王同志就都住在这新房子里，谁想入会就可以到这里报名。我，王同志，还有铁锁，我们三个都可以当介绍人。我还要到别的村里走走，王同志可以多住几天，帮你们成立村分会。"谈到这里，会就结束了。

当晚，冷元、白狗等六七个热心的人，到村里一转，报名的就有三十多个，小常见事情这样顺利，次日也没有走，当下就开了成立大会，选出负责人——铁锁是秘书，杨三奎老汉的组织委员，冷元的宣传委员。负责人选出后，小常和王工作员又指导着他们分了小组，选了小组长，定下会议制度，这个会就算成立了。

九

下午开过了村牺盟分会的成立大会，晚上，小常、王工作员，正跟铁锁他们几个热心的青年人们谈话，忽然来了个穿长衣服的中年人，拿着个名片递给小常，说道："特

李家庄的变迁

派员！我爹叫我来请你跟王同志到我们铺里坐一坐！"小常接住片子一看，上边有个名字是"王安福"，便问铁锁道："这是哪一位？怎么没有听你提过？"冷元在旁抢着道："是村里福顺昌的老掌柜，年轻时候走过天津，是个很开通的老人家。自从听说日本打进来，他每逢县里区里有人来了，总要打听一下仗打得怎么样。"别的人也都说："去吧！你给老汉说些打胜仗的消息，老汉可高兴啦，逢人就往外传！"小常说了声"好吧"，便同王工作员，跟着王安福的儿子到福顺昌来。

他们走近铺门，一个苍白胡须的高鼻梁老汉迎出来，规规矩矩摘了他的老花眼镜向他们点过头，又把眼镜戴上，然后把他们让到柜房。柜房的桌子上早摆好了茶盘——一壶酒，几碟子菜——虽不过是些鸡子豆腐常用之物，却也弄得鲜明干净。小常一见这样子，好像是有甚要求——前些时候，城里有几个士绅，因为想逃避合理负担，就弄过几次这种场面——可是既然来了，也只好坐下。他想如果他提出什么不合理的要求，根据在城里的经验，就是吃了酒饭，仍旧可以推开。

小常这一回可没有猜对。王安福跟那些人不一样，完全没有那个意思。他对别的从县里区里来的人，也没有这样铺张过，这时对小常，完全是诚心诚意的另眼看待。"七七"事变后，两三个月工夫日本就打进山西的雁门关来，这完全出他意料之外。他每听到一次日本前进的消息，都要焦急地搔着他的苍白头发说："这这这中国的军队都到哪里去了？"他不明白这仗究竟是怎样打的，问受过训的村长，村长也说不出道理来。问县里区里来的人，那些人有的只能告诉他些失败的消息，有的连这消息也没有他自己知道的多，道理更说不上；虽然也有人来组织这个"团"那个"会"，又都是小喜春喜一类人主持的，也不过只造些名册，看样子屁也不抵；他正不知照这样下去将来要弄成个什么局面，忽然听说小常来了，他觉着这一下就可以问个底细了。小常这人，他也是从铁锁被捕以后才听到的。当时是反共时期，他不敢公开赞成，只是暗暗称赞，因为他也早觉着"非把那些仗势欺人的坏家伙一齐打倒，世界才会有公理"，只是听说小常是共产党，这点他不满意。春喜他们说共产党杀人放火他是不信的，他对于共产党，只是从字面上解释，以为共产党一来，产业就不分你的我的，一齐成了大家的。他自己在脑子里制造了这么个共产党影子，他就根据这个想道："要是那样，大家都想坐着吃，谁还来生产？"他听人说过小常这个人以后，他常想："那样一个好人，可惜是个共产党！"这次小常来了，他也跟大家一样，黑天半夜拄着棍子到铁锁门口听小常谈话，第二天晌午在更坊门口开群众大会，他也是早早就到，一直瞪着眼睛听到底。听过这两次话以后，

李家庄的变迁

他更觉着小常这个人果然名不虚传，认理真、见识远、看得深、说得透。他还特别留心想听听关于共产党的事，可是小常两次都没有提。这次他请小常，除了想问问抗战将来要弄个什么结果，还想问问小常究竟是不是共产党。

他陪着小常和王工作员吃过酒，伙计端上饭来。他们原是吃过饭的，又随便少吃了一点儿就算了。酒饭过后，王安福老汉便问起抗战的局面来。小常见他问的是这个，觉着这老汉果是热心国事的人，就先把近几个月来敌人的军事部署和各战场的作战情形，很有系统地报告了一番，又把中共毛主席答记者问时说的持久战的道理讲了一下——那时《论持久战》一书还没有出版。王安福老汉是走过大码头的，很愿意知道全面的事，可惜别的从区里县里来的人，只能谈些零星消息，弄得他越听越发急，这会儿听着小常的话，觉着眉目清醒，也用不着插嘴问长问短。他每听到一个段落，都像醒了一场梦，都要把脖子一弯，用头绕一个圈子道："唔——是！ [①]" 他对于打仗，也想得很简单，以为敌人来了最好是挡住，挡不住就退，半路得了手再返回来攻，得不了手就守住现有的原地，现有的原地守不住就还得退；退到个角上再要守不住，那恐怕就算完了。这时他见小常说像自己住的这块地方也可能

[①] "唔——是！"后，原版是："等小常把话讲完，他更待了一大会儿，没有说什么，最后皱着眉头道：'照这样看来，熬头长啦呀？'"

丢，但就是丢了以后，四面八方都成了日本人，也还能在这圈里圈外抗战，而且中间还不定要跟敌人反复争夺多少次，一直要熬到了相当的时候，才能最后把敌人熬败。这种局面他真没有想到过。他听小常说完，觉着还可能过这种苦日子，实在有些心不甘。他待了一大会儿没有说什么，最后皱着眉头道①："照这样看来，熬头长啦呀？"小常见他这样说，就反问他道："你不信吗？"王安福道："信信信！你说得有凭有据，事实也是这样，我怎能不信？我不过觉着这真是件苦事，可是不熬又有什么办法呢？好在最后还能熬败日本，虽吃点苦总还值得。"他又捏着他的苍白胡须道："我已经六十了，熬得出熬不出也就算了，可是只要后代人落不到鬼子手也好呀！自从日本进攻以来，我一直闷了几个月，这一下子我才算蹬着②底了。"接着他又道："常先生，我老汉再跟你领个教：牺盟会是不是共产党啦？"小常觉着他问得有点奇怪，但既然是这样问，也只好照着问题回答道："这当然不是了！牺盟会是抗日救国的团体；共产党是政党，是两回事。"王安福道："常听说先生你就是共产党，怎么现在又成了牺盟会特派员呢？"小常道："这也没有什么奇怪，因为只要愿意牺

---

① "他待了一大会儿没有说什么，最后皱着眉头道"，原版作"因此便皱起眉头说"。

② "蹬着"，原版作"登住"。

李家庄的变迁

牲救国，不论是什么党不是什么党都可以参加牺盟会。"
王安福道："这我也清楚了，不过我对你先生有个劝告，
不知道敢说不敢说？"小常还当是他发现了自己的什么错
处，马上便很虚心地回他道："这自然很好，我们是很欢
迎人批评的。"安福老汉道："恕我直爽：像你先生这样的
大才大德，为什么参加了共产党呢？我觉着这真是有点美
中不足。"小常觉着更奇怪，便笑道："王掌柜一定没有见
过共产党人吧？"王安福道："没有！不过我觉着共产党
总是不好的，都吃起现成来谁生产啦？"小常见他对共产
党是这样了解，觉着非给他解释不行，便给他讲了一会儿
什么是社会主义，什么是共产主义，最后告他说共产也不
是共现在这几亩地几间房子，非到了一切生产都使用 ① 机
器的时候不能实行共产主义。告他说共产主义是共产党最
后才要建设的社会制度。又把社会主义苏联的情形讲了一
些。说了好久，才算打破他自己脑子里制造的那个共产党
影子。他想了一会儿，自言自语道："我常想，像你先生
这样一个人，该不至于还有糊涂的地方啦呀？看来还是我
糊涂，我只当把产业打乱了不分你我就是共产。照你说像
在苏联那社会上当个工人，比我老汉当这个掌柜要舒服得
多。"他又想了一下道："不过建设那样个社会不是件容易

———————

① "一切生产都使用"，原版作"社会上大部分使用"。

136

事，我老汉见不上了，咱们且谈眼前的吧，眼看鬼子就打到这里来了，第一要紧的自然是救国。我老汉也是个中国人，自然也该尽一份力。不过我老汉是主张干实事的，前些时候也见些宣传救国的人，不论他说得怎么漂亮，我一看人不对，就不愿去理他，知道他不过说说算了。先生你一来，我觉着跟他们不同；听了你的话，觉着没有一句不是干实事的话。要是不嫌我老汉老病无能，我也想加入你们的牺盟会尽一点儿力量，虽然不济大事，总也许比没有强一点儿，可不知道行不行？"小常和王工作员齐声道："这自然欢迎！"小常道："像老先生这样热心的人实在难得！"王安福见他两人对自己忽然更亲热了，振了振精神站起来道："我老汉主张干实事，虽说不是个十分有钱的户，可是不像那些财主们一听说出钱就吓跑了。会里人真要有用钱的地方，尽我老汉的力量能捐多少捐多少！就破上我这个小铺叫捐款！日本鬼子眼看就快来抄家来了，哪还说这点东西？眼睛珠都快丢了，哪还说这几根眼睫毛啦？"小常和王工作员，听了他这几句话，更非常佩服他的真诚，连连称赞。后来小常又说①捐款还不十分必要，当前第一要紧的事是减租减息动员群众抗日，能动员得大多数人有了抗日的心情，再组织起来，和敌人进

---

① "又说"，原版作"又跟他说"。

行持久战。问他有没有出租放债的事，是不是可以先给大家做个模范，他说："这更容易！不过咱是生意人家，没有出租的地；放债也不多，总共以现洋算不过放有四五千元，恐怕也起不了多大模范作用！"小常说："做模范也不在数目多少，况且四五千元现洋已经不是个小数目，至少也可以影响一个区！"王安福答应道："这我可以马上就做，回头我叫柜上整理一下，到腊月齐账时候就实行！不说照法令减去五分之一，有些收过几年利的连本都可以让了！"

两下里话已投机，一直谈到半夜。临去时小常握着王安福的手道："老同志！以后我们成自己人了，早晚到城就住到咱们会里！"王安福也说："你们走到附近，也一定到这里来！"这样便分手了。

六十岁的王安福参加牺盟会自动减息这件事，小常回到县里把它登在县里动员委员会的小报上，村里有铁锁他们在牺盟会宣传，王安福老汉自己见了人也说，不几天村里村外，租人地的，欠人钱的，都知道减租减息成了政府的法令，并且已经有人执行了，也就有好多向自己的地主债主提出要求，本村的牺盟会又从中帮助，很快就成了一种风气。

李如珍是靠收租收利过活的；小喜春喜自从民国十九年发财回来，这几年也成了小放债户；小毛也鬼鬼祟祟放得些零债。他们见到处都是办减租减息，本村的王安福不只自动减了息，还常常劝别人也那样做。他们自己的佃户债户们大多数又都参加了牺盟会，成天在更坊开会，要团结起来向自己提出要求。他们觉着这事不妙，赶紧得想法抵挡。李如珍叫春喜到县里去找县公道团长。春喜去到县里住了一天，第二天回来就去向李如珍报告。

这天晚上，李如珍叫来了小喜、小毛，集合在他自己的烟灯下听春喜的报告。夜静了，大门关上了，春喜取出一个纪要的纸片子来报告道："这一次我到县团部，把叔叔提出的问题给县团长看了，县团长特别高兴，觉着我们这里特别关心大局，因此不嫌麻烦把这些问题一项一项都详细回答了一下。他说最要紧的是防共问题。他说咱这公道团原来就是为防共才成立的，现在根本还不变，只是做法要更巧妙一点儿。他说防共与容共并不冲突。他说阎司令长官说过：'我只要孝子不要忠臣！'就是说谁能给阎司令长官办事，阎司令长官才用谁。对共产党自然也是这样，要能利用了共产党又不被共产党利用。既然容纳了共产党，又留着我们公道团，就是一方面利用他们办事，一方面叫我们来监视他们，看他们是不是真心为着阎司令长官办事，见哪个共产党员做起事来仍然为的是共产党，并不是为阎司令长官，我们就可以去密电报告，阎司令长官就可以撤他的职。第二个问题：'牺盟会是不是共产党？'

李家庄的变迁

他说牺盟会有许多负责人是共产党员，因为他们能团结住许多青年，阎司令长官就利用他们给自己团结青年。他们自然也有些人想利用牺盟会来发展共产党，可是阎司令长官不怕，阎司令长官自任牺盟总会长，谁要那样做，就可以用总会长的身份惩办他。"

李如珍插嘴问道："他就没有说叫我们怎样对付牺盟会？"春喜道："说来！他说最好是能把村里的牺盟会领导权抓到我们自己人手里，要是抓不到，就从各方面想法破坏它的威信，务必要弄得它起不了什么作用。"

李如珍翻了小毛一眼道："我说什么来？已经好好抓在手了，人家说了个'出钱'就把你吓退了！其实抓在你手出钱不出钱是由你啦，你一放手，人家抓住了，不是越要叫你出钱吗？现在人家不是就要逼咱执行减租减息法令吗？"说到这里他回头问春喜道："阎司令长官为什么把减租减息定成法令啦？"

春喜道："接下来就该谈到这个。县团长说：这'减租减息'原来是共产党人提出来的。他们要求阎司令长官定为法令，阎司令长官因为想叫他们相信自己是革命的，就接受了。不过这是句空话，全看怎样做啦：权在我们手里，我们拣那些已经讨不起来的欠租欠利舍去一部分，开出一张单子来公布一下，名也有了，实际上也不受损失；权弄到人家手里，人家组织起佃户债户来跟我们清算，实际上受了损失，还落个被迫不得不减的顽固名字。"

李如珍又看了小毛一眼，小毛后悔道："究竟人家的眼圈子大，可惜我那时没有想到这一点儿。"小喜笑道："一说出钱就毛了，还顾得想这个！"说得大家齐声大笑。

春喜接着道："这几个问题问完了，我就把小常到村成立牺盟会的经过情形向他报告了一下。他说别的地方也差不多都有这样报告，好像小常是借着牺盟会的名字发展共产党。他说他正通知各地搜集这种材料，搜集得有点线索，就到司令长官那里告他，只要有材料，不愁撤换不了他。这次去见县团长，就谈了谈这些。"

小喜道："报告听完了，我们就根据这些想我们的办法吧！马上有两件事要办：一件是怎样抵抗减租减息，一件是怎样叫铁锁他们这牺盟会不起作用。"

小毛抢着道："抵抗减租减息，我想县团长说的那个就好，我们就把那些讨不起来的东西舍了它。"

李如珍道："我觉得不妥当：县团长既然这样说，可见这法子有人用过了。空城计只可一两次，你也空城计我也空城计，一定要叫人家识破。我想咱村虽然有铁锁他们那个牺盟会，可是大权还在我们手：村长是我们的人，公道团是春喜，开起总动员委员会来，虽然是三股头——公道团、牺盟会、村政权——有两股头是我们的，怎么也好办事。"春喜抢着道："你这么一说我想起办法来了：我们可以想法子跟他们拖。总动委会开会时候，我们就先把这问题提出来——先跟村长商量一下，就说我们要组织个租息调查委员会，来调查一下全村的租息关系，准备全村一律减租减息。铁锁他们都拿不起笔来，我们就故意弄上很详细整齐的表册慢慢来填，填完了就说还要往上报——这样磨来磨去，半年就过去了。"

小毛插嘴道："过了半年不是还得减吗？"小喜抢着道："我看用不了两个月日本就打来了，你怕什么？况且这只是个说法，不过是叫挡一挡牺盟会的嘴，只要能想法把牺盟会弄得不起作用，这事搁起来也没人追了。"

李如珍道："对！只要把牺盟挑散了就没人管这些闲事了。我看还是先想想怎样挑散牺盟会吧！"

小喜道："这我可有好办法。咱李继唐是个成事不足败事有余的人，还坏不了这点小事？"

春喜道："你且不要吹！你说说你的做法我看行不行！现在多少跟从前有点不同，不完全是咱的世界了——自那姓常的来了，似乎把铁锁他们那伙土包子们怂恿起来了，你从前那满脑一把抓的办法恐怕不能用了。"

小喜道："这也要看风使舵啦吧，我该认不得这个啦？一把抓也不要紧，只要抓得妙就抓住了！"

春喜道："这不还是吹啦吗？说实在的，怎么办？"

小喜道："办法现成！说出来管保你也觉着妙！铁锁他们那伙子，不都是青壮年吗？我不是自卫队长吗？我就说现在情况紧急，上边有公事叫加紧训练队员。早上叫他们出操，晚上叫他们集中起来睡觉，随时准备行动，弄得他们日夜不安根本没有开会的时间，他们就都不生事了，上边知道了又觉着我是很负责的，谁也驳不住我！"

还没等春喜开口，李如珍哈哈大笑道："小喜这孩子果然有两下子！"春喜小毛也跟着称赞。

事情计划得十全十美，四个人都很满意。李如珍因为特别高兴，破例叫他们用自己的宜兴磁烟斗和太谷烟灯过了一顿好瘾。

铁锁他们果然没有识破人家的诡计，叫人家捉弄了——村总动委会开会，通过了调查租息与训练自卫队。自从自卫队开训以后，果然把村里的青壮年弄得日夜不安，再没有工夫弄别的。王工作员虽然也来过几次，可惜人年轻，识不透人家葫芦里卖的①是什么药，见人家表格细致，训练忙碌，反以为人家工作认真，大大称赞。

只有王安福老汉不赞成这两件事。他倒不是识破人家的计划，他是主张干实事的，见他们那样做抵不了什么事，因此就反对。一日他又进城去，小常问起他村里的工

---

① "的"，原版缺。

李家庄的变迁

作，他连连摇头告诉小常道："不论什么好事，只要有小喜春喜那一伙子搅在里边，一千年也不会弄出好结果来。像减租减息，照我那样自己来宣布一下就减了，人家偏不干实事，偏要提到总动委会上慢慢造调查表，我看不等他们把表造成，日本人就打得来了。自你走后，牺盟会一次会也没有开成，人家小喜要训练自卫队，领得一伙人，白天在地里跑圈子，拔慢步，晚上集合在庙里睡觉，把全村的年轻人弄得连觉也不得睡，再没有工夫干别的事。我看那连屁也不抵！不论圈子跑得多么圆，慢步拔得多么稳，有什么用处？"

小常是多经过事的人，自听王安福这么一说就觉着里边有鬼；问了一下县自卫队长，队长说："谁叫他这样训？"后来队长又派了个人去替小喜当队长，调小喜到县受训去。

这样一来，小喜他们的计划被打破了。恰巧那时阎锡山觉着决死队 [1] 学了八路军的作风，恐怕他掌握不住，又到处派些旧军官另成立队伍。这些队伍也叫"游击队"，在本县派的是个姓田的旧连长来当队长，叫田支队。小喜被调之后，也无心入城受训，就参加到这田支队去。

---

[1] 决死队：抗日战争初期在共产党领导和影响之下发展起来的山西人民的抗日武装，也叫新军。在抗日战争中发挥了重大作用。

一〇

新从县里派来的自卫队长也是牺盟会会员，来到村里，除不妨碍牺盟会开会，自己又参加在里边，每天晚上要跟大家在一处谈谈——有别的事，就谈别的事；没别的事，就谈打游击，既不误会里的事，对训练自卫队也有帮助。牺盟会的工作更顺利了。王安福实行减息以后，大家要求李如珍跟王安福看齐，不要只造表不干实事，弄得李如珍无话可说，只盼望敌人早些来把这事耽搁一下。

果然不几天消息更吃紧了，平汉正太两路已被敌人打通，牺盟会只顾动员大家"空室清野"，把减租减息的事暂且搁起来。租虽说暂且可以不减，李如珍也没有沾了光，从平汉正太两路退下来的五十三军、九十一师、骑四师、孙殿英的冀察游击队、张仁杰的什么天下第一军……数不清有多少番号的部队都退到山西上党一带的乡间来。这些部队，不知道是谁跟谁学的，差不多都是一进村就打枪，把老百姓惊跑了他们抢东西，碰上人就要东西，没有就打。受过"孝子"训的村长偷跑了，区长也偷跑了，李如珍平素的厉害对这些老总们一点儿也用不上，结果被孙殿英的侯大队绑了票。

把李如珍绑走了，家里情愿花钱去赎，可是找不上个

李家庄的变迁

说票的人——村里的好人只恨他死不了，谁还管他这些闲事；坏人又找不上个胆大的，春喜不敢去，小毛更是怕死鬼，别的烟鬼赌棍，平常虽好跟来跟去吸口烟灰，遇上这事，谁也躲得不见面了。家里人跟春喜小毛商量了半天，都说非小喜不行，才打发人到田支队把小喜找回来。小喜巴不得碰上这些事，便满口应承去找侯大队。他去了三天没有回来，家里人正在发急，也找不上个探信的。第四天，小毛春喜仍到李如珍家计划觅人探信，到了晌午李如珍跟小喜都回来了。大家问起怎样回来的，小喜扬扬得意道："我一去了，他们打发了个参谋跟我打官腔，说：'部队里生活困难，请你叔父来没有别的意思，只是想请他捐几个"救国捐款"'。我说：'这个容易，我管保能想出办法来给部队里补充些东西。我叔父虽有几顷地，可是没有现钱，这些年头卖地又没人要，不要在他身上打主意。'这个参谋见我是个内行人，就排开烟灯让我过瘾，两个人在灯下说了一会儿实底话。他说先叫我帮他们弄些东西来再放人，我也答应了。破了两三天工夫，黑夜也下了点劲，花布油酒，帮着他们弄了几十驮子，他们高兴了，请我跟叔叔吃了几顿酒饭，就打发我们回来了。"李如珍家里人听说没有花一个钱，自然十分高兴，春喜小毛听了，也都佩服了小喜的本领。小毛还要问在哪里弄的那几十驮东西，小喜说："这你不用问！'黄河岸上打平和；几时不是吃鳖啦？'"

阴历年节到了，因为时候不对，谁也无心过年，差不多都连个馍也没有蒸。亲戚们也不送节了，见了面不说拜年，先问"你村住的是什么队伍""抢得要紧不要紧"。将就过了正月十五，日本飞机到县里下过了弹，不几天敌人就通通喤喤从长治打过来了。这村子离汽车路虽然只有十来里，敌人的大部队却没有来，只有护路的骑兵，三三五五隔几天来绕一趟。凡是有个头目的队伍，抢人时候虽然很凶，这时一听炮响，却都钻了大山，只剩下三五成群的无头散兵比从前抢得更凶些。

村里的自卫队一来没有打过仗，二来没有家伙，只有一条步枪两个手榴弹，不能打，只能在村外放个哨，见有敌人来了土匪来了跟村里送个信叫大家躲一躲。

李如珍是输过胆的，听说有个什么动静就往地洞里钻。春喜因为家里没有地洞，成天在李如珍家借他的地洞藏身。一天，太阳快落的时候，小毛跑来跟李如珍、春喜说："那个王工作员又来了，听说他当了咱这一区的区长。"李如珍道："区长不区长那抵什么事？多少军队还跑得没影子啦！"才说了几句话，外边有人说来了十来个溃兵，吓得李如珍、春喜、小毛把大门关起来躲进地洞里。停了一会儿没动静，李如珍打发小毛到楼上的窗窟窿去瞭望。小毛才上去，就见有一个兵朝着大门走来。吓了他一跳，正预备去报告李如珍，忽然又看见是小喜，便轻轻喊道："继唐！"小喜听出是小毛的声音，便答道："是你呀？快开门！"小毛道："听说有十来个散兵？"小喜道："没有事！你放心开开吧！"小毛开了门放他进来，又到地洞里去把李如珍春喜都叫出来。

李如珍问小喜道："喜！你跟哪里来的？田支队驻在哪里？"小喜道："我在侯大队住了几天，日军就来了，田支队也不知道到什么地方去了。侯大队开到陵川大山里去了，我就留在附近，后来碰到个熟人，是豫北人，姓王，从前在太原会过面。"又望着春喜道："这人你也许知道：民国十九年，老阎要成立四十八师，他们手下有一把子人想投老阎，那时候他在太原住过几天，我在四十八师留守处当副官，和他谈过几次，后来老阎失败了，没有弄成。这次他们跟着孙殿英的冀察游击队到咱们这边来。近几天孙军往东山去了，他拉出几十个人来住在白龙庙，又收了些散兵，自称王司令，我在他那里算参谋长，就在附近活动。"李如珍道："我这几天闷在家里哪里也不敢去，究竟咱们这地方是个什么局势？你可以给我谈谈！"小喜道："大势是这样：汽车路和县城是日军占了。城里有了维持会，会长姓卫。"又望着春喜道："这人你也许知道：是个大胖子，在太原的时候常好到五爷公馆去，后来在禁烟考核处当过购料员。"春喜道："认得。"小喜接着道："城里秩序就靠他来维持。一出城，汽车路上每隔十里八里就有个日军的哨棚，多则一两班人，少则三五个人，巡逻的骑兵常常来往不断，有时候也到附近各村去走一走。汽车路旁的村子也都有了维持会，日军过来也招呼一下。"李如珍道："你们跟日军跟维持会取什么关系？"小喜道："还没有关系，白龙庙在山上，离汽车路二三十里，我们不到汽车路上去，他们也不到山上去，见不了面！"李如珍道："家里实在不好住呀！光散兵一天不知道就要来几次……"小喜道："散兵没关系！别的部队都走了，附近三二十里，凡是三个五个十个八个零兵，都是我们的人，见了他们，只要一说你认得我，管保没事。"李如珍道："虽是那样说，心里总不安，城里要是有个秩序，还不如搬到城里去住。你能不能给那姓卫的写个信介绍一下？"春喜抢着道："要是他，我认得，我可以替叔叔去打听一下，要合适的话，我跟叔叔同去，说不定还能找点事干！"

　　正说着，听见外边好多人乱吵吵的，小毛跑到门边去听了一下，回来说："街上人说捉住十个逃兵，缴了六条枪。"小喜跳起来问道："谁捉的？"小毛道："听说是自卫队捉住的。"小喜道："糟了！我走了！"说着就往外走，又摸了一下腰里的手枪。小毛追着问道："什么事？"小喜头也不回，只把手伸回背后来摆了一摆，开开门跑出

李家庄的变迁

去了。李如珍看春喜，春喜看李如珍，小毛跑回来问他们两个人，谁也弄不清是什么事。大家闷了一小会，听见好多脚步声咕咚咕咚越来越近，小毛赶紧去关门，已经来不及了；李如珍跟春喜只当是土匪，赶紧钻地洞。进来的不是土匪，原来是王工作员跟自卫队长带着一二十个自卫队员——队员们背着新缴到的步枪，觉着很神气。冷元背着一条枪领着头，一进门就一把抓住小毛问道："小喜来这里没有？"小毛吓得说不出话来，结结巴巴说："没没没有来！"后边有好多村里人也挤进来，有人说："来了！我还碰见来！"冷元端起枪来逼住小毛道："说实话！来了没有？"小毛缩成一团道："来是来过，又走了。"王工作员道："搜一搜！不要叫漏了！"大家就在李如珍家搜起来。搜到地洞里，搜出李如珍和春喜，只是没有小喜，问了他们两个人一下，都跟小毛说得一样，知道已经跑了，也就算了。

自卫队长、王工作员、自卫队员和村里的人们一大伙人从李如珍家里出来回到更坊门口。这更坊门口，早已有两个队员拿着枪站岗，把捉住的十个散兵关在更坊里。冷元指着更坊门问王工作员道："这十个人怎么处理？"王工作员道："我看趁这会儿人多，还不如先开会，这十个人留在会后处理。你们可以再分头到各家去召集一下人，最好是全村人都来。"这时敌人离得不很远，开会也不便再打锣，冷元铁锁们一大伙热心的人就跑到各家叫人去，好在这时候捉住了散兵，谁也想来看看，因此人来得反比平常时候更多。人齐了，村长早半月就跑了，李如珍和春喜，一个是村副一个是公道团长，又因为有小喜的事没有敢来。铁锁见村公所没有一个人来，想起自己是牺盟会村秘书，应该来主持会场，就走到更坊的阶台上向大家道："王同志现在成了咱区的区长了，今天来咱村里工作，先跟大家开个会。现在就先请王同志讲话。"

王工作员走上去讲道："老乡们！同志们！现在敌人已经到我们这里来了，我们的县城和交通大道已经被敌人占领了，正像常特派员上次和你们谈的，我们这里已经成了敌后抗战的形势了，敌人虽然占领了我们的城市和交通要道，可是广大的乡村还在我们手里。我们以后就要凭着这广大的乡村来和敌人长期斗争，熬着打，打着熬，最后把敌人熬得没了劲，才能收复失地。大家不要因为看见许许多多中国军队都走开了，就灰心丧气。现在我给大家报告些好消息：大家都知道大战平型关的八路军吧？现在别的军队往南撤退，这八路军反向北开，收复了宁武、广灵、灵邱、唐县、繁峙、左云、右玉、宁晋、朔县。这些地方，现在都成了敌人的后方，八路军就要在这些地方建立抗日根据地来长期抵抗敌人。现在这军队已经从洪洞赵县到咱们这里来，要和咱们老乡们共同建立抗日根据地，

李家庄的变迁

抵抗敌人。可惜旧日的行政人员不争气，平常时候跟老百姓逞威风倒可以，遇上这非常时期就没了本事了。前半个月，消息一吃紧，各路军队一往这里退，县长吓病了，各区区长、各村村长吓跑了，扔下各地的老百姓，任敌人欺负，任溃兵糟蹋，没人管。打电给阎司令长官，阎司令长官才从临汾退出来，连自己也顾不住，他手下的'孝子'们都紧紧跟着他只怕掉了队，派谁谁不敢来，后来才由咱们牺盟会举荐了个县长。这新县长上任才三天，敌人就打来了。县政府转移出来以后，地方上毫无秩序，区村长没有一个，没办法才由咱们的常特派员举荐了几个牺盟会的工作员当区长，咱这一区就派的是我。咱这一区也和别的区一样，受过训的'孝子'村长们，跑到一个也没有了。我这次到各村来，先要做这两件事：第一是补选抗日干部，第二是布置眼前工作。这村里，各种救国会还没有成立起来，只好以后再说。现在最重要的村干部，先得有村长，大家可以马上补选一个，现在就选！"大家有的提王安福，有的提杨三奎，冷元跳起来道："我有个意见：我觉着这会儿是兵荒马乱的世界，当村长不只要热心为大家办事，还要年轻少壮能踢能跳才行！我提张铁锁！"大家不等主席说表决，都一致喊道："赞成！"后来王区长又叫举了一下手，仍然是全体通过铁锁当村长。村副虽然不缺，可是大家都说李如珍包庇小喜，不叫他再当村副，非改选不行，结果改选了王安福。提到自卫队长，大家一致都说队长好，可不敢调换了。干部选定以后，就布置工作，不过这里离敌人太近，除叫大家宣誓不当汉奸以外，其余的抗日戒严等工作，只能留在干部会上讲。王区长把他的事情宣布完了以后，大家要求报告一下怎么捉住那十个逃兵，并且要求区长处理，区长就让自卫队长先报告经过。

自卫队长报告道："今天才吃过午饭的时候，王区长来了。王区长召集牺盟会的同志们在福顺昌开会，村外有自卫队站岗。到了半后晌，一个队员来报告，说村西头山上的小路上来了十来个散兵，到村西头的土窑里刨福顺昌埋的东西，我就集合了几个队员去看。我和队员们在远处看见只有一个站岗的，冷元说这土窑只有一个门，只要把站岗的捉住，就能把其余的人困在窑里。他说他可以去试试看捉得住哨兵捉不住。他慢慢走到哨兵背后的地堰上，猛一下跳下去拦腰把那哨兵抱住就推着跑，别的队员上去把哨兵的枪夺了。那哨兵虽然喊了一声，窑里的人可没有听见。那时我带着队里的两颗手榴弹上在窑顶上，先扔下一颗，响了，里边出来一个头，身子还没出来就叫我喝回去了。我捏着手榴弹上的火线说：'回去！谁动炸死谁！'他们不动了，我又喊：'把枪架到门口！不缴枪我把土窑炸塌了，把你们一齐埋在里边！'他们不说话了，一会儿，

李家庄的变迁

一个人出来把五支枪架在门外。我当他们还有，我说：'为什么不缴完？'他们一个人说：'我们只有六条枪，放哨的拿走一条。'在村外站岗的一个队员说他们就只是六条枪，也就算了。冷元下去把枪收了，才叫他们出来。我问他们是哪一部分，他们说原来不是一部分，后来叫侯大队一个王连长收编了，驻在白龙庙，这村的李继唐——就是小喜——就是他们的参谋长。这次来刨窑洞，就是小喜领他们来的。小喜怕本地人认得他，把窑洞指给他们就躲开了，完了……这十个人就是这样捉住的。"自卫队牺盟会的人早就都知道了，后来的人不知道，听了队长的报告，都问小喜躲在哪里去了，知道的人告他们说躲在李如珍家，后来又跑了。

大家又讨论了一会儿怎样处理这十个人，最后都同意把这十个人缴给区长发落，可是以后捉住了小喜，非当着村里人的面枪毙不可。后来这十个人由区长把他们带回县政府，经过了教育又补充了队伍。

小喜领得十个人出来抢东西，把人也丢了枪也丢了，不好回白龙庙去见姓王的，就跑到城里找着了卫胖子，在维持会当黑狗去了。他自从当了黑狗，领着巡路的日本骑兵回村子里去扰了好几次，把村里人撵得满山跑，把福顺昌的房子也烧了，把春喜叫到城里去给敌人办事，又在村里组织起维持会，叫李如珍当会长，小毛当跑腿的。从这时起，村里的自卫队不能在家里住，年轻妇女不能在家里住，每月要给城里的敌人送猪送羊送白面，敌人汉奸来到村里，饭要点着名吃，女人要点着名要。

一一

王安福年纪大了，不能跟着大家在野地里跑，就躲到二十多里外一个山庄上的亲戚家里。这山庄叫"岭后"，敌人还没有去过，汽车路附近抗日的人们被敌人搜得太紧了，也好到这里躲一半天。一天，铁锁冷元们来了，王安福问起村里的情形，冷元说："不要提了！村里又成了人家李如珍和小毛的世界了！有些自卫队员们，家里已经出了维持款，他们的老人们把他们叫回家里去住，只有咱牺盟会有十几个硬骨头死不维持，背着自卫队的七条枪满天飞。如今是谷雨时候，这里的秋苗都种上了，咱们那里除了几块麦地，剩下还是满地玉茭茬——敌人三天两头来，牲口叫敌人杀吃完了，不只我们不能种地，出过维持款的，也是三天两头给敌人当民夫送东西，哪里还轮得着干自己的活？"

王安福听他这样一说，觉着很灰心。他想这种局面到几时才能算了呢？他虽听小常和王区长都说过要慢慢熬，可是只看见敌人猖狂，看不见自己有什么动作，能熬

李家庄的变迁

出个什么头尾来呢？他问铁锁近来小常和王区长来过没有，铁锁说："王区长来过一次，他说咱们过去的动员工作没有做好，现在势力单薄，能保住这几条枪这几个人，慢慢跟敌人汉奸斗争着，就从这斗争中间慢慢发展自己的力量。"他们走了以后，王安福独自寻思了一夜。他不论怎么想，总以为没有什么发展的希望，总以为这种局面将来得不到什么好结局。他是急性子人，想起什么来就放不下，第二天早晨起来，他便决定去找小常。

小常和他们牺盟县分会的几个同志们，跟县政府住在一个村子里，离岭后还有四五十里。王安福一来路很生，二来究竟是六十岁的老汉了，四五十里路直走了一天。太阳快落了，他走到一个小山庄上，看见前边几个村子都冒着很大的烟，看来好像是烧着了房子，问了问庄上的人，说是来了队伍，是队伍烧火做饭，他们庄上人才去送柴回来。问他们是什么队伍，他们也不知道，只说是很多，好几村都驻满了，县政府叫附近的山庄上都去送柴。王安福问了一会儿也问不清楚，他想既是县政府叫送柴，一定是中国兵，又问了一下县政府住的村子，经庄上人指给他，他就往前去了。

走到村里，天就黑了，只见各家各院都有住的兵，好容易才找着牺盟会住的院子，找见了小常。这时小常正和几个队伍上的人谈民夫担架问题，黑影里也没有看见他是谁。他也不便打断小常跟人家的谈话，就坐在院里等着。一会儿小常把那些人都送出去了，回头来看见院里还有个人，向他走来，走近了看见胡须眼镜和手杖，才发现是他，不由得很惊奇地握住他的手道："呀！老同志！你怎么也能走到这里来？"才说了一句话，又有队伍上的人来找，他便叫别的同志招呼王安福到房子里洗脸吃饭，自己又和这新来的人谈起别的事来。这些人没有打发走，县政府又请他去开会，别的同志又都各忙各的工作，王安福吃过饭以后，只好躺在床上等小常。差不多快半夜了小常才回来，王安福听见他一开门，就从床上坐起来道："回来了？真忙呀！"小常道："你还没有睡，老同志？不累吗？"王安福一边答应着，一边从床上下来坐在桌边。小常把灯拨亮了，也坐下来问道："找我有事吗？村里近来怎么样？"王安福道："就是为这事情：村里成了维持会的世界了，李如珍的会长，小毛是狗腿……"小常道："这个我知道，下边有报告。新近还有什么变化吗？"王安福道："变化倒没有什么变化，可是就这个，村里就难过呀！眼看就是四月天了，地里连一颗籽也没有下……"小常道："不要愁，老同志！我告你一个好消息：敌人的第一百零

李家庄的变迁

八师团九路围攻①晋东南想彻底消灭我们抗日力量，被八路军打得落花流水。今天来的这些八路军，就是来收复咱们这地方来了，现在已经有一路要到你们那地方去打仗，你们那一带马上就要收复……"王安福听到这里忽然大声问道："真的？"小常道："可不是真的嘛！明天一早我也要去，去帮他们动员民夫抬担架。"王安福道："那？那我也跟你相跟回村里招呼去！""老同志，你不要急！你老了，跑一天大路，明天不用回去，等一两天那里打罢了仗，把敌人打走了你再回去。村里的事，有铁锁他们在家可以招呼了。"劝了他一会儿，他仍坚决要回去，小常也只好由他。

这天晚上，小常睡得倒很好，王安福高兴得睡不着。他想把日本一打跑了，第二步一定是捉汉奸——城里一定要捉小喜、春喜，村里也一定要捉李如珍和小毛。他想到得意处，连连暗道："李如珍！我看你叔侄们还威风不威风？看你们结个什么茧？"越想越睡不着，越睡不着越想得细——想到战场上怎样打、日本人怎样跑、李如珍被捉住以后是个什么可怜相、小毛怎样磕头祷告、村里人怎样

---

① "九路围攻"：1938年4月初，日军出动三万余人的兵力，由同蒲路的榆次、太谷、洪洞，平汉路的邢台，正太路的平定、涉县、长治以及屯留，分九路向晋东南我军大举围攻，妄图歼灭我主力于辽县、榆社、武乡地区。后被我粉碎。

骂他们……想了一遍又一遍，直到鸡叫才睡着了。当他睡
着了的时候，正是军队吃饭的时候。小常就在这时，起来
吃过饭，天不明就随军队出发了。王安福起来，太阳就快
出来了，别的同志跟他说小常同志随军出发了，叫他住
一两天再回去。他心里急得很，暗暗埋怨小常不叫他，马
上就要随后赶去。别的同志告他说赶不上了，就是要走也
得吃过饭，路上没有吃饭的地方。说话间已经是吃早饭的
时候了，他胡乱吃了点饭，仍是非赶回去不行，就辞了会
里的同志们，也不再往岭后去，一直往回家的路上赶来。
六七十里山路，年轻人也得走一天，这老汉总算有点强劲
儿，走到晌午就赶上了部队，不过部队的行列太长了，再
往前赶还是，再往前赶还是，也没有找见小常在哪里。快
到家了，方圆三五里几个村庄都住下兵；摸了十几里黑赶
到了家，庙里也是兵，更坊也是兵，自己的房子被敌人烧
得只剩一座，老婆、孩子、儿媳、孙孙全家都挤在里间，
外间里也住的是兵。他先不找自己的去处，先到铁锁那里
去。这一下找对了：铁锁的三间喂过牲口的房子，也没有
被敌人烧了，也没有住着①兵，地下还②铺着草，小常住
在里边，王区长也来了，也住在里边。小常见他回来了，
很佩服他的热情，就先让他在铺上休息。他问敌情，铁锁

————————

① "着"，原版作"的"。
② "还"，原版作"也"。

李家庄的变迁

告他说："听说城里敌人退出来了，今天晚上前边汽车路上的两三个村子也住满了，恐怕天不明就会有战事，村里的担架也准备好了。"王安福道："敌人不知道咱的军队来了吗？"铁锁道："不知道！大队还没有到的时候，半后晌就有几十个人先来把前边的路封了，不论什么人都不准走过去。"谈了一会儿，王安福的儿子就来叫王安福吃饭，王安福道："你把饭端来吧！我还想问询问询别的事！"饭端来了，铁锁说："要不你就叫老掌柜在这里睡吧，你家也住得满满的了！"王安福的儿子说："也可以！"回去又送来一条被子来。

大家忙乱了一会儿，正说要睡，听见外边跑来几个人，有个人问道："村长在这里吗？"铁锁道："在！"那人道："你来看这是不是个好人，半夜三更绕着路往前边跑！"铁锁出去一看是小毛，便向那个兵道："汉奸！汉奸！维持会的狗腿！"那个兵道："那就送旅部吧！"小毛急着哀求道："铁锁铁锁！我我我是躲出去的！我……"那个兵说："走吧走吧！"就拉着他走了。王安福听见是小毛说话，正要出来看，听见已经送走了，就自言自语道："小毛！你跑得欢呀？我看你还跑不跑了！"小常、王区长也都已经知道这小毛是什么人，都知道不是冤枉他，也就不问这事，都去睡了。王安福见把小毛捉住了，顺便想起李如珍来，问了问铁锁，说是已经看守起来了，也就放心睡去。

王安福一连跑了两天路，一连两夜又都没有睡好，这天晚上，他连衣服也没有脱，一躺下去便呼呼地睡着了，直到第二天五更打第一颗炮弹才把他惊醒。他醒来，天还不明，屋里早已点着灯。小常、王区长、铁锁都不知几时就走了；才过谷雨，五更头还觉凉一点儿，他们把草铺上不知谁的被子又给他盖了一条。二妞不知什么时候就起来了，坐在床上。小胖孩睡在他边前也被炮弹惊醒了。二妞向王安福道："睡不着了，王掌柜？你听！炮已经响开了，他们打仗①去了。"小胖孩问道："娘！你说谁？打什么？"二妞道："就是说晚上住的那些兵，到汽车路上打日本鬼子去了！"接着又听见两声炮，王安福站起来道："到外边听听去！"说着就走②出去了。小胖孩向二妞道："娘，咱们也到外边听听！"说着便穿起衣裳，跟二妞走出来。青壮年抬担架的抬担架，引路的引路，早就和军队相跟着走了，街上虽有些妇女儿童老汉们出来听炮声，可也还安静。炮声越来越密，王安福和几个好事的人跑到村外的山头上去看，因为隔着山，看不见发火的地方，只能看见天空一亮一亮的，机枪步枪的声音也能听见。起先只听见在南边一个地方响，后来好像越响地面越宽，从正南展到西

①"仗"，原版缺。
②"走"，原版缺。

李家庄的变迁

南。天明的时候，越响越热闹了，枪声炮声连成一片。不大一会儿，正西也响开了，和西南正南的响声都连起来，差不多有二三十里长。这时候天已大明，村里的人，凡是没有跟队伍到前边去的，都到村边的各个山头上去听，直到快吃早饭的时候响声才慢慢停下来。这时候，有的回去做饭，有的仍留在山头上胡猜测。忽然西南的山沟里进来一股兵，也弄不清是敌人还是自己人，大家一时慌了，各找各的藏身地方。回去做饭的人听了这消息又都跑出来了，旅部留守的同志们告他们说是自己的队伍回来了，才把大家都叫回去。

队伍、民夫、自卫队都陆续回来了。敌人全退了，打死好几百，还打坏四辆汽车。胜利品很多：洋马、钢盔、枪械、军服、汽车上的轮子、铁柱子……彩号没有下担架，吃过饭就转送到别处去，其余的队伍就住在这一带各村休息。

旅部把李如珍和小毛交给王区长处理，村里人一致要求枪毙，吓得他俩的家属磕头如捣蒜。后来大家又主张不杀也可以，要叫他们把全村维持敌人的损失一同包赔起来。他们两个的意见是只要不枪毙，扫地出门都可以。政府方面的意见是除赔偿损失以外，还得彻底反省，保证以后永远不再当汉奸，大家一致拥护。这样决定了以后，仍由王区长派人送到县政府处理。

县城收复了，县政府又回了城。把李如珍和小毛押解到县政府以后，小毛因为怕死，反省得很彻底，把他十几年来在村里和李如珍、小喜、春喜一类人鬼鬼捣捣做的那些亏心事，拣大的都说出来了。

可惜敌人从城里退出来的时候，小喜春喜两个人跟着卫胖子一伙人，从城里跑出来就躲到田支队去；县政府派人去要，田支队不放人，回了个公函庇护他们说，这些人是他们派到城里维持会里做内线工作的。县政府这边，早有小毛把小喜领着土匪回村刨窑洞，又领着敌人到村烧房子、捉人、组织维持会，把春喜叫到城里当汉奸……根根底底说得明明白白的了，可是田支队死不放，交涉了几次都空回来了。田支队凭着枪杆不让步，县政府凭着真凭实据不让步。后来各做各的——田支队包庇了这些人，县政府没收了他们的家产。

李如珍和小毛在县里反省了两个月，承认了赔偿群众损失，县政府派了个科长同王区长把他两人押解回村同群众清算。按李如珍在县里算的，共给敌人送过四口猪、十头牛，不足一千斤白面，只要跟小毛两家折变一些活物就够了，还不至于大变产业，可是一回来情形就变了。县府派来的科长同王区长，叫他两个人照着在县里反省的记录再在群众大会上向群众反省一遍，小毛就仍从十几年前说起，把他们从前搭伙讹人的事一同都说出来了，内中像

李家庄的变迁

春喜讹铁锁一样，因为一点儿小事弄得人家倾家败产的事就有十几件，借着村长的招牌多收多派的空头钱更不知用过多少。一提起这些旧事，更引起群众的火来，大家握着拳头瞪着眼睛非跟李如珍算老账不行。李如珍怕打，也只好应承。结果算得李如珍扫地出门还不够，还是科长替他向群众求情，才给他留了一座房子。小毛平常只是跟着他们吃吃喝喝，没有使过多少钱，并且反省得也很彻底，大家议决罚他几石小米叫自卫队受训吃。小喜春喜的家产一律查封，等要回原人来再处理。

一二

敌人走了，李如珍倒了，春喜小喜走了，小毛吃过亏再也不敢多事了，村里的工作就轰轰烈烈搞起来——成立了工农妇青各救国会、民众夜校、剧团，自卫队又重新受过训，新买了些子弹、手榴弹……

大家也敢说话了。小喜春喜的产业有许多是霸占人家的，自被查封以后一个多月了也没有处理，有些人就要求把霸占的那一部分先发还原主，其余的候政府处理。铁锁是村长，他把①大家的意见转报给王区长，区长报到县

---

① "他把"，原版作"接受"。

政府。

一天，王区长又到县里追这事，县长说："这事情弄糟了：人家不知道什么时候在阎司令长官那里告上状，说县政府借故没收了他们的产业，阎司令长官来电申斥了我一顿，还叫把人家两个人的产业如数发还。"说着就取出电报来叫他看。王区长看了电报道："这两个人在村里的行为谁都知道，并且有小毛反省的供词完全可以证明，他们怎么能抵赖得过？我看可以把那些材料一齐送上司令部去，看他们还有什么话说？"县长道："我也想到这个，不过他们都是阎锡山的孝子，阎锡山是 ① 偏向他们那一面的，送上去恐怕也抵不了事。虽是这么说，还是送上去对，县政府不能跟着他们包庇汉奸，把已经有真凭实据的汉奸案翻过来。"

王区长回来把这事告给铁锁，铁锁回到村里一说，全村大乱，都嚷着说不行，也没有人召集，更坊门口的人越挤越多就开起会来。在这个会上通过由工农青妇各干部领导，到县政府请愿。第二天，果然组织起二百多人的请愿队带着干粮盘缠到县政府去。县长本来是知道实情的，见他们大家把县政府围得水泄不通，一边向他们解释，一边

① "不过他们都是阎锡山的孝子，阎锡山是"，原版作"不过，上边既然听了他们一面之词，就来申斥我，可见是"。

李家庄的变迁

给阎锡山①发电报。隔了两天，阎锡山回电说叫等候派员调查。

  大家回来以后把材料准备现成，只等调查的人来，可是等来等去没有消息。一个多月又过去了，倒也派来一个人，这人就是本县的卖土委员。②这位委员来到村公所，大家也知道他是个干什么的，知道跟他说了也跟不说一样，就没心跟他去打麻烦，可是他偏要做做这个假过场，要叫村长给他召集群众谈谈话，铁锁便给他召集了个大会。会开了，他先讲话。他给小喜春喜两个人扯谎，说大家不懂军事上的内线工作，说这两个人是田支队派他们到敌人窝里调查敌人情形的。他才说到这里，白狗说："经济委员！我可知道这回事！"经济委员只当他知道什么是内线工作，也想借他的话证明自己的话是对的，就向他道："你也知道？"又向大家道："你们叫他说说！"白狗道："人家小喜做内线工作是老行家！"委员插嘴道："对嘛！"有些人只怕他不明白委员是替小喜他们扯谎再顺着委员说下去，暗暗埋怨他多嘴，只见他接着道："真是老行家！起先在白龙山土匪里做内线工作，领着十个人回咱村来刨窑洞，一下就把福顺昌的窑洞找着了；后来到城

---

① "阎锡山"，原版作"阎司令长官"。下同。
② 那时候每县住着一个卖官土的，官衔是"经济委员"，老百姓都叫他是"卖土委员"。——作者原注。

里敌人那里做内线工作，领着敌人到咱村烧房子，一下就把福顺昌烧了个黑胡同。不是老行家，谁能做这么干净利落？"他的话没有说完，大家都笑成一片，都说："说得真对！"委员本来早想拦住他的话，可是自己叫人家说话，马上也找不到个适当的理由再不叫说，想着想着就叫他说了那么多。白狗的话才落音，冷元就插嘴道："那你才说了现在，还没有说从前啦，从前人家小喜……"委员道："慢着慢着！听话！我的话还没有讲完啦！"别的人乱抢着说："你没有说完白狗怎么就说起来了？""你是来调查来了呀，是来训话来了？""说卖土你比我知道得多，说小喜春喜你没有我清楚！""你比我们还清楚，还调查什么？"……后来不知道是谁喊道："咱们都走吧，叫他一个人训吧！"这样一喊，大家轰隆隆就散了。铁锁见委员太下不了台，就走到台前喊道："委员的话还没说完啦，大家都不要走！"台下的人喊道："没说完叫他慢慢说吧！我们没有工夫听！"喊着减着就走远了。只有十来个人远远站住，还想看看委员怎样收场，铁锁叫他们站近一点儿再来听话，委员看见已经不像个样子了，便道："算了算了！这地方的工作真是一塌糊涂，老百姓连个开会的规矩都不懂！"铁锁本来是怕他下不了台，不想他反说是村里的工作不好，铁锁就捎带着回敬他道："山野地方的老百姓，说话都是这直来直去的，只会说个老直理，委员还得包涵着些！"

委员一肚子闷气没处使，吃过晚饭便到李如珍家里去。李如珍虽然没有地了，大烟却还没有断，知道委员也有瘾，就点起烟来让委员吸烟。委员问起小喜春喜的事是谁向县里报告的，并且说："县政府凭的是小毛的口供，这小毛究竟是怎样一个人？"李如珍说："小毛原来也是咱手下的人。"接着就把小毛的来历谈了一谈。委员叫他打发人去叫小毛，他便打发自己的儿子去叫。

小毛觉着因为自己在县里说的话太多了才弄得李如珍倾家荡产，本来早就想到李如珍那里赔个情，可是又怕村里人说他去跟李如珍捣什么鬼，因此没有敢去。白天开会的时候，他听出委员是照顾小喜春喜的，也有心去跟委员谈谈，可是一来觉着自己的身份低，不敢高攀委员，再则村里人当面还敢给委员玩丢人，自己当然更惹不起，因此也没有敢展翅。这时委员忽然打发人来叫他，他觉着这正是个一举两得的机会，一来能给李如珍赔个人情，二来能高攀一下委员，自然十分高兴，跟屁股底下上着弹簧一样，蹦起来就跟着来人去了。

他一进到李如珍家，见委员跟李如珍躺在一个铺上过瘾，知道是自己人了，胆子就更大了一点儿，李如珍向委员道："这就是小毛！"委员看了他一眼道："你就是小毛？坐下！"说着把腿往回一缩，给他让了一块炕沿，小毛凑到跟前就坐下了。委员道:"小毛!李先生说你很会办事,可是为什么一出了门就顾不住自己了呢?"小毛懂不得委员的意思,看了看委员道:"我好长时候了就没有出门呀!"委员笑道:"不是说近几天,是说你在县里。你在县里,给人家瞎说了些什么?"小毛见是说这个,便诉起苦来。他说:"好我的委员!那是什么时候?过命啦呀!不说由咱啦?"委员道:"你也太没有骨头了,那边过命这边不过命?牺盟会人都是共产党,县长区长都是牺盟会,自然也都是共产党。他们吃着司令长官的饭不给司令长官办事,司令长官将来要收拾他们。李继唐李耀唐连这里的李先生都是司令长官的人。你听上共产党的话来害司令长官的人,将来司令长官收拾共产党的时候,不连你捎带了?"小毛来时本来很高兴,这会儿听委员这么一说,又有点怕起来,便哀求道:"委员在明处啦,我们老百姓在黑处啦!反正已经错了,那就得求委员照顾照顾啦!不是我愿跟他们跑呀,真是被他们逼得没办法!"说着就流出泪来。委员道:"你不怕!错了就依错处处!我看你可以写个申明状,我给你带回去转送到司令长官那里,将来就没你的事了。不只连累不了你,只要你跟李先生、继唐、耀唐都真正一心,将来他们得了势,还愁给你找点事干?"小毛道:"委员这样照顾我,我自然感谢不尽,不过这申明状怎么写,我是个粗人,不懂这个,还得请委员指点一下。"委员道："这个很容易：你就说他们是共产党，要实行共产，借故没收老财们的家产，才硬逼着你在人家捏造现成的口供上画了字。只要写^①上这么一张申明状，对你也好，对继唐他们也好。"又向李如珍道："虚堂（李如珍的字）！我看这张申明状你给他写一写吧！"李如珍道："可以！"小毛道："这我真该摆酒席谢谢！委员明天不要走，让我尽尽我的孝心！"委员道："这可不必！你们村里共产党的耳目甚多，不要让他们说闲话。以后咱们遇事的时候多啦，这不算什么！"

这次调查就这样收场了，李如珍替小毛写的申明状，委员第二天带回去就转到阎锡山那里。村里人也知道这卖土委员回去不会给自己添什么好话，可是既然有这么一回事，也就得再等等上边的公事。^②

委员回去又做了一封调查报告，连李如珍替小毛写的申明状一同呈到阎锡山那里去。调查报告的大意说：这个案件完全是共产党造成的，因为小喜春喜都是从前反共时候的干部——小喜是防共保卫团团长，春喜是公道团团长，因此村里县里的"共党"分子借着政权和群众团体的力量给他们造成汉奸的罪名，把他们的产共了。

这时候正是八路军在山西到处打败日军收复失地建

①"写"，原版作"你"。
②原版本段与下段之间隔一行。

170

立抗日根据地的时候，阎锡山的①晋绥军②退到晋西南黄河边一个角落上，不敢到敌后方来，阎锡山着了急，生怕他自己派出来的干部真正跟八路军合作。决死队学八路军的游击战术和政治领导，他以为是共产化了。在阎锡山看来，山西是他自己的天下，谁来了都应该当他的"孝子"，眼看好多地方，孝子们没有守住，被日本人夺去；孝子们又不会收复，又被八路军收复了，他如何不着急？偏在这个时候，各地都有些受了处分的汉奸们，像春喜们那一类人，不说自己当了汉奸，硬说是人家要共他的产；被敌人吓跑了的行政人员公道团长们，不说自己怕死，硬说牺盟会勾结八路军夺取了他们的权力，都到阎锡山那里告状。阎锡山接到这一批状子之后，觉着这些人跟共产党是生死对头，就拣那些能干一点儿的，打电报叫去了一批，准备训练一下作为他的新孝子，小喜春喜两个人也在内。又打发田树梅到晋东南来把田支队这一类队伍编成独八旅，作为以后反对八路军的本钱。

　　小喜春喜两家的家产被查封以后，因为没有处理，地也荒了。村里人问了县政府几回，县政府说已经又给上边

①　"阎锡山的"，原版缺。
②　晋绥军：1925 年奉直联合打败冯玉祥，山西都统商震带兵占领绥远（今内蒙古西部地区），此后，绥远即归阎锡山管辖，山西军也称晋绥军，除北伐和抗日战争时期以外，阎军一直叫晋绥军。

李家庄的变迁

去公事要小喜春喜归案。等来等去，夏天过了，上边除没有叫他两人归案，又打电报把他两个要走了。又等来等去，敌人二次又来了，大家忙着参加战争，又把这事搁起了。不过这次李如珍小毛那些人没有敢出头组织维持会，敌人的巡逻部队来过几次，被自卫队的冷枪打死两个人，没有走到村里就返回去了：村里没有受什么损失。后来八路军三四四旅又把敌人打跑了，村里又提起处理小喜春喜财产的事，又到县政府去问，县政府说上边来了公事，说这两个人都是忠实干部，说小毛的口供是屈打成招，并且把小毛的申明状也附抄在公文里转回来了。

　　这一下更引起村里人的脾气来，马上召开了个大会，把小毛捆在会场上，有几个青年把镢头举在小毛的头上道："仍是我们落了屈打成招的名，这会儿咱就屈打成招吧！你说吧！你从前的口供上哪一行是假的？"小毛只看见镢头也不敢看人，吓得半句话也说不出来。全会场的人都喊道："叫他说！"小毛怕不说更要挨打，就磕着头道："都都都是真的！"有个人问道："谁叫你写申明状？"小毛道："委委委员！"又一个人道："谁替你写的？"小毛不敢说，有个青年在他的屁股上触了一镢把，他叫了一声。大家逼住道："快说！谁给你写的？"小毛见不说马上就活不成了，就战战兢兢道："李李李……"头上的镢头又动了一下，他才说出李如珍来。冷元道："委员怎么叫写申明状？他是怎么跟你说的？为什么你就愿意写？"
小毛道："不写不行！委员说那边也要过命啦！"接着就
把那天晚上见委员的事又说了一遍。冷元跳上台去喊道：
"都听见了吧：口供上都是真的，委员叫他写申明状，老
汉奸李如珍管给他写！这里边都是些什么鬼把戏？依我
说，咱们自己把小喜春喜的两份产业处理了，原来是讹人
家谁的各归原主，其余的作为村里的公产！不论他什么政
府，什么委员，什么长官，谁来咱们跟谁讲理，天王爷来
了也不怕他！除非他一分理也不说，派兵把咱这村子洗
了！"大家一致举起拳头喊叫赞成。钦锁道："这样处理，
在咱村上看来是十二分公平的了，可是怎么往上级报啦？
县里自然也知道这件事的真情，可惜一个卖土委员的调
查，一个小毛的申明，把事情弄得黑白不分了，又教县里
怎样往上报啦？"杨三奎老汉道："卖土委员来了开了个
会也没有叫村里人说话，在李如珍那里住了一夜，跟小毛
他们鬼捣了个申明状就走了，他调查了个什么？依我说，
他当委员的既然能胡捣鬼，咱们老百姓也敢告他，就说他
调查得不实，叫上边再派人来重查，非把实情弄明白了不
可。"大家也都赞成。白狗道："我有个意见：小毛能给委
员写假申明，就能给我们写真申明，就叫他把他那天晚上
见委员那事实实在在给咱们写出来。咱们也能给阎司令长
官呈上去。呈上去看他们还有什么话说？"大家拍手道：

李家庄的变迁

"对！马上叫他写！"大家问小毛，小毛说他自己不会写，叫找一个人替他写。大家就举王安福。王安福这时也觉着气不平，便向大家道："要是平常时候，写个字谁不能啦？可是这会儿我偏不写！一来我是村副不便写，二来他们太欺人！办那些鬼鬼祟祟的事，有人出主意，也有人写，能写那个就不能写这个？"这句话把白狗又提醒了。白狗道："对！咱们把李如珍抓出来叫他再替他写！叫小毛说一句他写一句，他不写咱就把他送县政府，问问他跟委员跟小毛捣些什么鬼？问问他这汉奸反省了些什么？为什么还替汉奸捏状诬赖好人？"大家又是一番赞成，年轻人已跑去把李如珍抓来了。李如珍见是叫写委员住在他家那天晚上的事，明明是自己写状告自己，哪里肯写？结果被大家拖倒打了一顿，连小毛一同送县政府去了。至于怎样处理那两家的产业，铁锁说："完全不等上边的公事也不好，不如先把他讹人家的地先退给原主种，其余的东西仍然封存起来，等把官司打到底再处理吧！"年轻人们仍主张马上处理，修福老汉道："先把地退回原主，其余就再等一次公事吧，看这官司三次两次是到不了底的。"后来大家也都同意，就这样处理了。

以后一直等到过了年公事还没有来，仔细一打听，才有人说阎锡山逃过了黄河到陕西去了，后来就再没有消息。

一三

春天种地的时候，村里等不来上边的公事，李如珍、小喜、春喜他们讹人家的既然经村公所发还各原主，各原主也就种上了。这一年，秋景还不很坏，被李如珍叔侄们讹得破了产的户口，又都收了一季好秋，吃的穿的也都像个人样①了。铁锁也打了二十多石粮食，小胖孩也不给人放牛了，回村里来上了学。大家不放心的就是上边仍然没有公事，李如珍押在县里也不长不短，催了几次案，县里说："就照你们村里那样处理吧。大概也没有什么不妥当。"最后那一次是铁锁去的，小常告铁锁说："阎锡山最近正在秋林召集反动势力开会，准备反对咱们牺盟会和决死队这些进步势力，恐怕对你们村里小喜叔侄们要庇护到底。县里对这事不便做主，由你们村里处理了，县里不追究也就算了。"

到了阴历十一月，忽然有些中央军②来村号房子，向村公所要柴要草，弄得铁锁应酬不了。第二天，队伍开来了，又是叫垫街道，又是叫修马路，全村人忙得一塌糊涂。晚上又进来一批人：头一伙里有春喜，和当日在五爷

① "样"，原版作"样子"。
② 中央军，蒋介石系统把他们的嫡系部队叫作中央军。

李家庄的变迁

公馆那些尖嘴猴鸭脖子一类人是一伙，说是什么"精建委员"①；第二伙里就又看见有小喜，领着一把子带手枪的人，又叫什么"突击队"②。冷元铁锁他们一看见这伙子人，知道要出事了，背地跟牺盟会几个常出头的人商量对付他们的办法。王安福老汉说："我看你们大家一面派人到县里问一问，一面还是先躲开不见他们，把公所的差事暂且交给我来应酬。我这么大个老汉，跟他们装聋作哑，他们也不能把我怎么样。"大家说："明知他们来意不善，要躲大家都躲开，你何必去吃他们的亏啦？"王安福不赞成，他说："他们真要跟我不过，死就死了吧，我还能活多大啦？"他执意不走，大家也只好由他。铁锁冷元他们十来个前头些的人，带着自卫队的枪械都躲开了，只有白狗因为秋天敌人来了，配合军队打仗带了彩，无法走开，只好在家听势。

走出去的人，逃到了王安福当日住过的岭后，打发冷元到县里问主意。冷元去了半天就回来报告道："大事坏了！小常同志叫人家活埋了！"说着就哭起来。大家一听这句话，比响了一颗炸弹还惊人，忙问是怎么一回事。冷元哭了一会儿止住泪道："前天晚上，中央军跟突击队把

————————————

① "精建委员"即阎锡山的一个特务团体——"精神建设委员会"的委员。——作者原注。

② "突击队"是阎锡山的另一个武装特务团体。——作者原注。

县政府牺盟会都包围了。里边的人，冲出去一部分，打死了一部分，叫人家捉住杀了一部分，现在还正捉啦。县长生死不明，小常同志叫人家活埋了！"说得大家也都跟着哭起来。问他是谁说的，他说是牺盟会逃出来的一个交通员说的。得到了这个消息，都知道家是回不得了，附近各村，也都有了中央军、精建会、突击队，大家带的干粮盘缠又不多，只好在山里转来转去。山里人问他们是哪部分，他们只说是游击队。

他们转了四五天，转到一个山庄上，碰着二妞领着十一岁的小胖孩在那里讨饭，他们便把她叫到向阳坡上问起村里的情形。二妞摆摆手道："不讲了！没世界了！捉了一百多人，说都是共产党，剁手的剁手，剜眼的剜眼，要钱的要钱……龙王庙院里满地血，走路也在血里走。"随着就把被杀了的人数了一遍。大家听了只是摇头。冷元道："咱们只说除咱们这十几个人别的人就不相干了，谁想像崔黑小那些连句话也不会说的人，也都叫人家害了。真是活阎王呀！"

铁锁见二妞念的那些名字里边没有王安福，就问起王安福的下落。二妞道："他们把人家老汉捉到庙里，硬叫人家老汉说自己办过些什么坏事。老汉说：'你们既然会杀，干脆把我杀了就算了！我办过什么坏事？我不该救济穷人！我不该不当汉奸！别的我想不起来！你们说有什

李家庄的变迁

么罪就算有什么罪吧！'李如珍又回来当了村长，小毛成了村副，依他们的意思是非杀不行，后来还是他们李家户下几个老长辈跪在他们面前说：'求你们少作些孽吧！人家是六十多岁的人了！'后来叫人家花五百块 [1] 现洋，才算留了个活命。"

大家又问起白狗，二妞哭了。她说："把白狗刻薄得不像人了，还不知活得了活不了啦！就是捉人那一天，小喜亲自去捉白狗。他叫白狗走，白狗的腿叫日兵打的伤还没有好，动也不能动，他就又在人家那条好腿上穿了两刺刀，裤上、袜上、床上、地上，哪里都成血涂出来的了。后来他打发两个人，把白狗血淋淋抬到庙里，把我爷爷、我爹，都捆起来。第二天，人家小喜一面杀别人，一面打发人跟巧巧说，只要她能陪人家睡一月，就可以饶他们一家人的性命。巧巧藏不住，到底被人家抢走了。他烧灰骨强跟人家孩睡了一夜，后来幸亏他老婆出来跟他闹了一场——他老婆不是李如珍老婆娘家的侄女吗？他惹不起，才算不再到巧巧那里去。"

铁锁又问："你娘儿们为什么也逃出来？是不是人家也要杀你们？把咱家闹成什么样了？"二妞道："再不用说什么家了！咱哪里还有家啦？人家说你是咱村的共产

_____

① "五百块"，原版作"五千块"。

178

头，队伍围着村子搜了你一天，没有搜着你，人家把我娘儿们撵出来，就把咱们的门封了。衣裳、粮食，不论什么东西一点儿也没有拿出来。我说：'你们叫我娘儿们往哪里去啊？'人家小喜说：'谁管你？想死就不用走，想活啦滚得远远的！'我爷爷、我爹、我娘跟村里人背地都劝我说：'领上孩子出去逃个活命吧！不要在村里住了！他们是敢杀人的！'后来我娘儿们就跑出来了。"铁锁听了，咬了咬牙说："也算！这倒也干净了！"

别的人各人问各人家里的情形，二妞都给他们说了说：有查封了家产的，有捉去了人的，有些已经花钱了事，有些直到她出来时候还没有了结。

正说着，山头上有人喊道："喂①！你们是哪一部分？"大家抬头一看，上面站着许多兵，心里都暗惊道："这回可糟了！"人家既问，也不得不答话，冷元便答道："游击队！"上面又喊道："上来一个人！"离得很近，躲又躲不开，冷元什么事也好在前头，便道："我去！"说了把枪递给另一个人，自己就上去了。大家在下边等着，听见说话，却听不清说的是什么。停了一会儿，只听冷元喊道："都上来吧！是八路军！"大家听说是八路军，都高兴得跳起来，一拥就上去了，二妞跟小胖孩也随后跟上去。这

---

① "喂"，原版作"威"。

李家庄的变迁

部分队伍，是八路军一个游击支队，不过二三百人，从前
也在李家庄一带住过，也还有认得的人。铁锁向他们的队
长说明来历后，要求加入他们的队伍，他们自然很欢迎，
从此这伙人就参了军。铁锁又要求队长把二妞跟小胖孩带
到个安全地方，队长道："白晋路①以西、临屯路以南这一
带，现在没有咱们的队伍，只有我们这几百人，还是奉命
开往路东平顺县一带去的。晋城一带驻的是中央军，专门
想找着消灭我们这些小部分，因此我们还不能从晋城走，
还得从高平北部日军的封锁线上打过去，女人小孩恐怕不
好过。"二妞向铁锁道："你顾你吧，不用管我！我就跟我
胖孩在这一带瞎混吧！胖孩到过年还可以给人家放牛，我
也慢慢找着给人家做点活，饿不死！中央军跟李如珍叔侄
们又不是铁钉钉住，不动了！一旦世界再有点变动我还要
回去！"

　　队伍休息了一会儿就开动了，铁锁和二妞母子们就
这样分了手——二妞跟小胖孩一直看着队伍下了山。

一四

　　过了年，二妞到一个一家庄上去讨饭，就找到了个

────────────

① 白晋路，纵贯晋东南地区南北的铁路线，从白圭至晋城。

180

落脚处：这家的主人，老两口子都有五十多岁，只有十二岁个小孩，种着顷把地，雇了两个长工，养两头牛两头驴子。二妞见人家的牲口多，问人家雇放牛孩子不雇，老汉就问起她的来历。二妞不敢以实说，只说是家里被敌人抄了，丈夫也死了，没法子才逃出来。这老汉家里也没有人做杂活，就把小胖孩留下放牲口，把二妞留下做做饭，照顾一下碾磨。

　　山野地方，只要敌人不来，也不打听什么时局变化，二妞母子们就这样住下来。住了一年半，到了来年夏天，因为时局变化太大了，这庄上也出了事：一天，来了一股土匪，抢了个一塌糊涂——东西就不用说，把老汉也打死了，把牲口也赶走了。出了这么大事，二妞母子们自然跟这里住不下去，就不得不另找去处。她领着小胖孩仍旧去讨饭，走到别的村子上一打听，打听着中条山的中央军七个军，完全被敌人打散了，自己的家乡又成了维持敌人的村子，敌人在离村五里的地方修下炮楼：附近一百里以内的山地，哪里也是散兵，到处抢东西绑票，哪里也没有一块平静的地方。

　　这时候二妞就另打下主意：她想既然哪里也是一样危险，就不如回家去看看。回去一来可以看看娘家的人，二来没有中央军了，家里或者还有些破烂家具也可以卖一卖。这样一想，她就领着小胖孩往家里走。走到离家十几里的地方，看见山路上有两个人——一男一女。小胖孩眼明，早早看清是白狗和巧巧，便向二姐道："娘！那不是我舅舅来？"二姐仔细一看，也有些像，冒叫了一声，真是白狗跟巧巧，两个人便走过来了。白狗先问二姐近一年多在哪里，怎样过，二姐同他说了一说，并把铁锁跟冷元他们十来个人参加了八路军的消息也告她说了。白狗说："人家这些人这回倒跑对了，我们在家的人这一年多可真苦死了！"二姐看见他穿了一对白鞋，便先问道："你给谁穿孝？"白狗道："说那些做甚啦？这一年多，村里人还有命啦？要差、要款、要粮、要草、要柴、要壮丁……没有一天不要！一时迟慢些就说你是暗八路，故意抵抗！去年冬天派下款来，爹弄不上钱，挨了一顿打，限两天缴齐，逼得爹跳了崖……"二姐听到这里，忍不住就哭起来。白狗说着也哭起来。姐弟们哭了一会儿，白狗接着说："爹死了，爷爷气得病倒了，我怕人家抓壮丁，成天装腿疼，拐着走。去年打几石粮食不够人家要，一家四口人过着年就没有吃的，吃树叶把爷爷的脸都吃肿了！"二姐又问道："你两人这会儿往哪里去啦？"白狗道："唉！事情多着啦！小喜这东西，成个长生不老精了：你走时候人家不是阎锡山的突击队长吗？后来县里区里都成了中央军派来① 的人了，他们看见阎锡山的招牌不行了，春喜他们那一伙又跑回阎锡山那里去；小喜就入了中央军的不知道什么工作团，每天领着些无赖混鬼们捉暗八路，到处讹钱——谁有钱谁就是暗八路，花上钱就又不是了。这次中央军叫日军打散了，人家小喜又变了——又成了日军什么报道社的人了，仍然领着人家那一伙人，到处捉暗八路、讹钱，回到村里仍要到家去找麻烦。爷爷说：'你给她找个地方躲一躲吧！实在跟这些东西败兴也败不到底！'福顺昌老掌柜还在岭后住，我请他给找个地方，他说：'你送来吧！'我就是去送她去！"二妞又问道："李如珍老烧灰骨还没有死吗？"白狗道："那也成了长生不老精了！你走时候他就又当了村长，如今又是维持会长！"二妞又问起村里没了中央军以后，自己家里是不是还留着些零星东西，白狗道："什么都没有了！连你住的那座房子都叫人家春喜喂上骡子了！"二妞听罢道："这我还回去做什么啦？不过既然走到这里了，我回去看看娘和爷爷！"又向小胖孩道："胖孩，你跟你舅舅到岭后等我吧！我回去看一下就出来领你。反正家也没有了，省得叫日本人碰见了跑起来不方便！"小胖孩答应着跟白狗和巧巧去了，二妞一个人回村里去。

---

① "来"，原版缺。

李家庄的变迁

　　她一路走着，看见跟山里的情形不同了：一块一块平展展的好地，没有种着庄稼，青蒿长得一人多高；大路上也碰不上一个人走，满长的是草，远处只有几个女人小孩提着篮子拔野菜。到了村里，街上也长满了草，各家的房子塌的塌，倒的倒①，门窗差不多都没有了。回到自己住过的家，说春喜喂过骡子也是以前的事，这时槽后的粪也成干的了，地上已经有人刨过几遍。残灰、烂草、砖头、石块满地都是，走到娘家，院里也长满了青蒿乱草，只有人在草上走得灰灰的一股小道，娘在院里烧着火煮了一锅槐叶，一见二妞，一句话也没说出来就哭起来。哭了一会儿，母女们回到家里见了修福老汉，彼此都哭诉了一会儿一年多的苦处，天就黑了。家里再没有别的，关起门来吃了一顿槐叶。

　　槐叶吃罢了碗还没有洗，就听见外边有人凶狠狠地叫道："开门！"二妞她娘吓了一跳道："小喜小喜！"又推了二妞一把道："快钻床底！"二妞也只好钻起来。小喜在外边催道："怎么还不开？"二妞她娘道："就去了！我睡了才又起来。"说着给他开了门。小喜进来捏着个手电棒一晃一晃，直闯闯就往巧巧住的房子里走，二妞她娘道："他们今天晚上不在家，往她姑姑那里去了！"小喜

―――――――――

① "倒的倒"。原版作"累的累"。

用电棒向门上一照，见门锁着，便怒气冲冲发话道："不在？哄谁呀？"他拾起一块砖头砸开锁子进去搜了一下，然后就转过修福老汉这边来。他仍然用电棒满屋里照，一下照到床底，看见二妞，以为是巧巧，便嬉①皮笑脸道："出来吧出来吧！给你拿得好衣裳来了！"说着伸手把二妞拉出来。他一见是二妞，便道："好！这可抓住暗八路了！管你是七路八路，既然是个女的，巧巧不在你就抵她这一角吧！你也是俺春喜哥看起来的美人，可惜老了一点儿！洗洗脸换上个衣裳我看怎么样？"说着把他带来的一个小包袱向二妞一扔。

就在这时候，外面远远地响了一声枪，接着机枪就响起来。小喜一听到机枪，就跑到门外来听。起先是一挺，后来越响越多，又添上手榴弹响，小喜撑不住气便跑出去。二妞趁他出去的机会，赶紧跑出院里来藏到蒿里。停了一会儿，小喜也没有回来，机枪手榴弹仍然响着，二妞慢慢从蒿里站起来，望着远处山上看，见敌人的炮楼上一闪一闪的火光，到后来机枪、手榴弹停了，炮楼上着起一片大火。这时二妞悄悄跑回去叫她娘出来看，她们猜着总是八路又来了。看罢了火，娘儿们又悄悄关起大门回去跟修福老汉悄悄议论着，谁也没有敢瞌睡，只怕再出什

---

① "嬉"，原版作"喜"。

么事。

天快明了，二妞她娘向二妞道："快趁这时候悄悄走吧！不要叫天明了小喜那东西再来找你麻烦！"二妞也怕这个，在锅里握了一把冷槐叶算干粮，悄悄开了门溜出来跑了。她出了村，天还不明，听着后边有几个人赶来，吓得她又躲进路旁的蒿地里去。她听见三个人说说话话走过来，清清楚楚可以听出是李如珍、小喜和小毛。小毛问："有多少？"小喜说："老八路！人很多，好几村都住满了！"李如珍道："咱怎么不打？"小喜道："城里的日军不上二百人，警备队不抵事……"说着就走远了，听不清楚①了。二妞得了底，知道晚上猜得还不差，她恨不得把他们三个捉住缴给八路军，可惜自己是一个人，也只好让他们走开。他们走过之后，二妞且不往岭后，先回到村里去传这个消息。炮楼着火是大家都看见的事，见二妞传来这个消息，有些人到小毛和李如珍家里去看，果然见这两个人不在家了，就证明是真的。这时候，青年人们又都活动起来了：有的到炮楼上去打探，有的去邻近村子里找八路，不到早饭时候就都打听清楚了——炮楼平了，里边的日军死的死了跑的跑了，八路军把汽车路边的几个村子都住满了。村里人又都松了一口气，常关着的大门又都开

———————————

① "楚"，原版缺。

186

了，久不见太阳的青年女人和孩子们又都到街上来了，街上长的乱草又都快被人们踏平了。

二妞吃过了槐叶，仍旧要到岭后去叫小胖孩，就起程往岭后去。路上的人也多起来了，见面都传着敌人被打跑了的消息。八路军出差的事务人员，也三三两两在路上来往。二妞走到半路，就碰上白狗、巧巧、小胖孩和王安福老汉都回来了——他们已经得到了消息。二妞也跟着返回来，白狗跑得最快，把他们三个都掉在后面。路上碰上熟人，都问白狗的腿怎么忽然不拐了，白狗说八路来了自然就不拐了。

赶二妞他们三人进到村里，白狗返回来迎住他们笑道："来了两个熟八路！你们来看是谁？"说着已快走到更坊背后，早听着更坊门口的人乱嘈嘈的，小胖孩先跑到拐角一看，回头喊道："娘！我爹跟冷元叔叔都回来了！"二妞跟王安福老汉听说，也都加快了脚步绕过墙角。大家见他们来了，全场大笑道："二妞也回来了！王掌柜也回来了！"青年人们叫的叫跳的跳，跟装足了气的皮球一样，一动就蹦起来；老年人彼此都说："像这样，就是光吃树叶也心轻一点儿。"

大家让开路，二妞、小胖孩、王安福和白狗四个人从人群中穿过，挤到冷元跟铁锁旁边。他两人都握了握王安福的手，拍了拍白狗的肩膀，摸了摸小胖孩的头。铁锁和

李家庄的变迁

二姐见了面，因为这地方还没有夫妻们对着外人握手的习惯，只好①彼此笑了笑，互相道："你也回来了？"冷元又补了一句道："你跟铁锁哥商量过到今天一齐回来啦？"这句话逗②了个全场大笑。

王安福和白狗先问跟他两人同时出去的十几个人，别的人怎么没有回来，那十来个的家属也有些人凑来问，铁锁道："我们参加的那一部分没有来。他们在那边都很好，有好几个都成了干部，回头我到他们各人家里去细细谈一谈。我们两个人是上级从部队里调出来回来做地方工作的——上级说我们了解这地方的情况，做起来容易一点儿。我们两个就分配在咱们本区工作。"王安福道："这就好了，就又可以活两天了。"有几个青年，要求他们两个讲讲话，铁锁道："可以！你们去召集人吧！"杨三奎老汉道："还召集什么人啦？村里就剩这几个人了！"他两个看了一下男女老少不过百把人，连从前的一半也不够，冷元问道："就这几个人了吗？"杨三奎道："可不是嘛③！跟你们走了一伙，中央军跟阎锡山那队伍杀了一伙，中央军又捉走一伙，日军杀了一伙，抓走一伙。逃出

---

① "铁锁和二姐见了面，因为这地方还没有夫妻们对着外人握手的习惯，只好"，原版作"对二姐都想不出该怎么表示"。

② "逗"，原版作"斗"。

③ "嘛"，原版作"吧"。

去多少？被人家逼死了多少？你想还能有多少？"铁锁叹
了一口气道："留下多少算多少吧！咱们就谈谈吧：前年
十二月政变①，国民政府给八路军下命令，叫八路军退出
中条山，退出晋东南，他们派中央军把这地方接收了。他
们在这地方杀了许多抗日的人，庇护了许多汉奸，逼死了
许多老百姓，后来自己又保护不了自己，被日本人打垮
了，把这地方又丢给日本人来糟蹋了个不成样子。现在八
路军又来了。八路军这次来跟上一次不同——不走了！要
在这地方着根！就是要把这地方变成抗日根据地。我两人
出去原来参加的是部队，如今被上级调到这里来做地方工
作，过来以后，就分配到咱们这一区——叫我当区长，叫
冷元组织农会。眼前要紧的工作是恢复政权、组织民众、
解决眼前的实际问题。这些事自然不是说句话能做好了
的，咱们现在先提出些实际问题吧！"

有个青年站起来道："我先问一句话：你说那什么国
民政府再有一道命令来了，八路军还走不走了？"铁锁
道："再有一千道命令也不走了！我们不能把自己的人再
缴给他们去杀！"

----

① 十二月政变：1939 年 12 月，蒋介石、阎锡山企图消灭新军（决死队），
在山西西部集中六个军的兵力向新军进攻，被新军的反击所粉碎。同
时，阎军在山西的东南部摧残阳城、晋城一带的抗日民主县政府和人
民团体，屠杀了大批的共产党员和进步分子。

那青年道："那我们就敢提问题了：李如珍他们那些汉奸可该着处理了吧？可不用再等阎锡山的公事了吧？"好多人都叫道："对！数这个问题要紧！"自这个问题提出来，大家都注意起这事来。有的说："他们已经跑了还怎么处理？"有的说："跑了和尚跑不了寺院。"也有些老汉们说："稳一稳看吧，还不知道以后怎么样啦。"有些明白人就反驳他们道："不怕他！怕抵什么事？从前谁不怕人家，人家不是一样杀吗？"铁锁道："这算一个问题了，还有些什么问题？"虽然也还有人提出些灾荒问题、牲口问题、土匪问题，可是似乎都没有人十分注意，好像一个处理汉奸问题把别的问题都压了。铁锁冷元看这情况，觉着就从这件事上做起，也可以动员起人来，便向大家宣布道："大家既然说处理汉奸要紧，咱们明天就先处理汉奸。今天天也不早了，大家就散了吧！"

宣布了散会，铁锁向冷元道："你也该回家去看看了！"又向二妞道："咱们也回去看看吧！"二妞半哭半笑道："咱们还回哪里去？"王安福道："可不是！铁锁连个家也没有了！不过如今村里的闲房子很多，有些院子连一个人也没有，随便借住他谁一座都可以！"有个青年道："依我说，把春喜媳妇撵回她的老院里，铁锁叔就可以回他自己的院里去住！"铁锁道："这还得等把他们的案件处理了以后再说！"又向二妞道："我看今天晚上咱们就住在龙王庙吧！那里很宽大，一定没有人住。"别的人也说那是个好地方，里边只有老宋一个人。说到吃饭问题，王安福道："到我那里吃吧！我孩子们吃的是树叶，可还给我老汉留着些米。"冷元铁锁都指着自己身上的干粮袋道："我们带着米。"大家道："那你们就算财主了！我们都吃树叶！"二妞道："我连树叶也没有！"大家让了一会儿就走开了。

夜里，好多人都到庙里找铁锁道："李如珍叔侄们家里，小毛家里，今天都埋藏东西，要是没收他们的财产，就要赶紧动手，迟了他们就藏完了。"铁锁道："只要他们不倒出去，埋了还不是一样没收？"他们说："可也是！那咱们就得下点功夫看着他们，不要让他们往外面倒。"冷元说："那你们就组织组织吧！"他们马上组织起二三十个人来轮班站岗，一家门上给他们站了两个守卫的。

这一晚上，二妞只顾向铁锁谈她这一年多的经过，直到半夜才睡。才睡了一小会，就听得外面有人打门，起来一看，站岗的把小毛捉住了。前半夜才组织起来的二三十个人，差不多全来了，都主张先吊起来打一顿。铁锁向小毛道："你实说吧！你们跑到什么地方去了？你半夜三更回来做什么？说了省得他们打你！"小毛看见人多势众，料想不说不行，就说道："我们出去一直跑到天黑，没有跟日军连上，走到李如珍一个熟朋友家，李如珍住下了，叫小喜去找日军，叫我回来打听这边的情形。我摸了半夜才跑到村，到门口连门也没有赶上叫，就叫他两个人把我捉住了！"铁锁道："李如珍确实在那里住着吗？"小毛道："在！"别的人说："叫他领咱们去找，找不着跟他要！"有的说："叫他领去不妥当！有人看见捉住了他，要给李如珍透了信，不就惊跑了吗？不如叫他把地方说清楚，派个路熟的人领着咱们自己去找。先把他扣起来，找不着李如珍就在他一个人身上算账！"大家都赞成这个办法。铁锁道："依我说这些事可以请军队帮个忙。那地方还没有工作，光去几个老百姓怕捉不回人来！"大家说："那样更稳当些！"这事就这样决定了，铁锁跟军队一交涉，军队上给拨了一班人。村里人一听说去捉李如珍，自然是人人起劲，第二天早上王安福老汉捐出一斗米来给去的人吃了一顿饱饭，等军队上的人来了，就一同起程，不到半夜，果然把李如珍捉回来了。

一五

捉回李如珍来，事情就大了；村里人要求的是枪毙，铁锁是个区长，不便做主。县长也是随军来的，还住在部队里。县政府区公所都还没有成立起来，送也没处送，押也没处押。铁锁和村里人商量，叫把李如珍和小毛暂且由村里人看守，他去找县长。到部队上见了县长，说明捉住这两个汉奸以后群众对政府的要求。县长觉着才来到这里，先处理一个案件也好，能叫群众知道又有抗日政权了。这样一想，他便答应就到村里去对着全村老百姓公审这两个人。

龙王庙的拜亭上设起公堂，县长坐了正位，村里公举了十个代表陪审。公举了白狗和王安福老汉代表全村作控告人，村里的全体民众站在庙院里旁听。李如珍一看这个形势，也知道没有什么便宜①，便撑住气来装好汉。县长叫控告人发言，诉说李如珍的罪行，群众中有个人向白狗叫道："白狗！不用说他以前那些讹人的事，就从中央军来了那时候算起，算到如今，看他杀了多少人，打过多少人，逼死过多少人，讹穷了多少人，逼走了多少人……"白狗道："可以，先数杀的人吧！"接着就指名数了一遍，别人又把说漏了的补充了一些，一共是四十二个。县长问李如珍，李如珍说："这些人杀是杀了，有的是中央军杀的，有的是突击队杀的，有的是日本人杀的，我没有亲手杀过一个。"王安福道："你开名单，你出主意，说叫谁死谁就不得活，如今还能推到谁账上去？"有个青年喊

---

① "宜"，原版作"易"。

道："照你那么说，县政府要枪毙你，还非县长亲自动手不行？"又有人说："怕他嘴巧啦？咱村里会说话的人都是他的证人。"李如珍料也推不过，就装好汉道："就说成杀了你们两个人，我一条命来抵也不赔本！杀了你们四十二个，利不小了！说别的吧！这些人都是我杀的！不差！"他既然痛快承认，以下的事情就不麻烦了，控告人说一宗，他承认一宗，一会儿也就说完了。审罢李如珍又审小毛。小毛打的人最多，控告人一时给他数不清，就向群众道："打跑了的且不说，现在在场的，谁挨过小毛的打都站过东边，没有挨过的留在西边！"这样一过，西边只留下几个小孩子和年轻媳妇们，差不多完全都到了东边了，数了一下，共六十八人，陪审的十个代表、当控告代表的白狗还不在数。白狗道："连陪审的人带我自己一共七十九个：叫他本人看看有冒数没有？"小毛也不细看，他说："我知道打得不少。反正是错了，也不用细数吧！不过我可连一个人也没有害死过，叫我去捉人都是他们的主意！他们讹人家的东西我也没有分过赃，只是跟着他们吃过些东西吸过些大烟！"群众里有人喊："跟着龙王吃贺雨就是帮凶！""光喝一口泔水①还那么威风啦，能分上东西来，你还认得你是谁啦？"

———————————

① "泔水"后，原版有夹注："（洗碗水）"。

审完以后，全村人要求马上枪毙，可是这位县长不想那么办。县长是在老根据地做政权工作的。老根据地对付坏人是只要能改过就不杀。他按这个道理向大家道："按他们的罪行，早够枪毙的资格了……"群众中有人喊道："够了就毙，再没有别的话说！"县长道："不过只要他能悔过……"群众乱喊起来："叫不要再说那个！他悔过也不止一次了！""再不毙他我就不活了！""马上毙！""立刻毙！"县长道："那也不能那样急呀？马上就连个枪也没有！"又有人喊："就用县长腰里那支手枪！"县长说没有子弹，又有人喊："只要说他该死不该，该死没有枪还弄不死他？"县长道："该死吧是早就该着了……"还没有等县长往下说，又有人喊："该死拖下来打不死他？"大家喊："拖下来！"说着一轰上去把李如珍拖下当院里来。县长和堂上的人见这情形都离了座到拜亭前边来看，只见已把李如珍拖倒，人挤成一团，也看不清怎么处理，听有的说"拉住那条腿"，有的说"脚蹬住胸口"。县长、铁锁、冷元，都说"这样不好这样不好"，说着挤到当院里拦住众人，看了看地上已经把李如珍一条胳膊连衣服袖子撕下来，把脸扭得朝了脊背后，腿虽没有撕掉，裤裆子已撕破了。县长道："这弄得叫个啥？这样子真不好！"有人说："好不好吧，反正他不得活了！"冷元道："唉！咱们为什么不听县长的话？"有人说："怎么不听？县长

李家庄的变迁

说他早就该死了！"县长道："算了！这些人死了也没有什么可惜，不过这样不好，把个院子弄得血淋淋的！"白狗说："这还算血淋淋的？人家杀我们那时候，庙里的血都跟水道流出去了！"县长又返到拜亭上，还没有坐下，又听见有人说："小毛啦？"大家看了看，不见小毛，连县长也不知道他往哪里去了。有人进龙王殿去找，小毛见藏不住了，跟殿里跑出来抱住县长的腿死不放。他说："县长县长！你叫我上吊好不好？"青年人们说不行，有个愣小伙子故意把李如珍那条胳膊拿过来伸到小毛脸上道："你看这是什么？"小毛看了一眼，浑身哆嗦，连连磕头道："县长！我我我上吊！我跳崖！"冷元看见他也实在有点可怜，便向他道："你光难为县长有什么用呀？你就没有看看大家的脸色？"小毛听说，丢开县长的腿回头向大家磕头道："大家爷们呀！你们不要动手！我死！我死！"大家看见他这种样子，也都没心再打他了，只说："你知道你该死还算明白！"县长道："大家都还下去！"又向陪审的人道："咱们都还坐好！"庙里又像才开审时候那个样子了。县长道："你们再不要亲自动手了！本来这两个人都够判死罪了，你们许他们悔过，才能叫他们悔；实在要要求枪毙，我也只好执行，大家千万不要亲自动手。现在的法律，再大的罪也只是个枪决；那样活活打死，就太，太不文明了。"王安福道："县长！他们当日在庙里杀人时候，比这残忍得多——有剜眼的，有剁手的，有剥皮的……我都差一点儿叫人家这样杀了！"县长道："那是他们，我们不学他们那样子！好了，现在还有个小毛，据他说的，他虽然也很凶，可是没有杀过人，大家允许他悔过不允许？"大家正喊叫"不行"，白狗站起来喊道："让我提个意见，我觉着留下他，他也起不了什么反！只要他能包赔咱们些损失，好好向大家赔罪，咱们就留他悔过也可以！"还没有等大家说赞成不赞成，小毛脸向外爬下一边磕头一边说："只要大家能容我不死，叫我做什么也行！实在不能容我，也请容我寻个自尽。俗话常说'死不记仇'，只求大家叫我落个囫囵尸首，我就感恩不尽了！"说罢呜呜地哭起来。县长道："这样吧：李如珍就算死了，小毛还让我把他带走，等成立起县政府来再处理他吧！大家看这样好不好？"青年人们似乎还不十分满意，可也没有再说什么。白狗说："就叫县长把他带走吧！只要他还有一点儿改过的心，咱们何必要多杀他这一个人啦？他要没有真心改过，咱的江山咱的世界，几时还杀不了个他？"这样一说，大家也就没有什么不同意了。审判又继续下去，控告人又诉说了小喜春喜的罪行，要求通缉；又要求没收他们四家的财产，除了赔偿群众损失，救济灾难民外，其余归公。县长在堂上立刻宣布接受大家的意见。审讯以后，写了判决书，贴出布告，这案件就算完结。

李家庄的变迁

村里由冷元铁锁帮忙，组织起处理逆产委员会来处理这些汉奸财产——除把小毛的财产暂且查封等定了案再斟酌处理外，李如珍叔侄们的财产，马上就动手没收处理。他们讹人家的不动产，前二年已经处理过一次，这次仍照上次的决定各归原主。动产也都作了价，按各家损失的轻重作为赔偿费。最大的一宗，是李如珍家里存着二百来石谷子和一百二十石麦子。把这一批粮食拿出来救济了村里的赤贫户，全村人马上就都不吃槐叶了。

不几天，县政府、区公所都成立了；各地的土匪也被解决了；各村里当过汉奸的，听说打死李如珍的事，怕群众找他们算账，都赶紧跑到县政府自首了。

在李家庄，被李如珍他们逼得逃出去的人，被中央军和日本人抓走的人，都慢慢回来了；街上的草被大家踏平了；地里的蒿也被大家拔了种成晚庄稼了。修福老汉的病也好了。二妞跟小胖孩又回到十余年前被春喜讹去的院子里去住。村政权、各救会、武委会也都成立起来，不过跟冷元铁锁他们年纪差不多的中年人损失得太多了，村干部除了二妞是妇救会主席、白狗是武委会主任外，其余都是些青年。没收的汉奸财产余了一部分钱作为村公产，开了个合作社，大家请王安福老汉当经理。民兵帮着正规军打了几次土匪，分到了十来支枪。龙王庙有五亩地拨给了老宋。这时候的李家庄，虽然比不上老根据地，可也像个根据地的样子了。

小毛这次悔了过，果然比前一次好得多：自动请村干部领着他到他欺负过的人们家里去赔情，自动把他做过的可是别人不知道的坏事也都讲出来。说到处理他的财产，他只要求少给他除出一点儿来，饿不死就好。

只有小喜春喜两个人归不了案：春喜跟着孙楚回阎锡山那里去了就再没有回来；小喜跟着日军跑到长治去了。

一六

李家庄自从这次成了根据地，再没有垮了：敌人"扫荡"了好几次，李家庄有了好民兵，"空室清野"也做得好，没有垮了。三年大旱，李家庄互助大队开渠浇地，没有垮了。蝗虫来了，李家庄组织起剿蝗队，和区里县里配合着剿灭了蝗虫，又没有垮了。不只没有垮了，家家产粮都超过原来计划，出了许多劳动模范①；合作社②发展得京广杂货俱全，日用东西不用出村买；又成立了小学，成立了民众夜校，成立了剧团，龙王庙和更坊门口，每天晚上都很热闹。

日本宣布投降的消息传到李家庄之后，李家庄全村

————————

① "模范"，原版作"英雄"。

② "合作社"后，原版有"大赚钱"。

李家庄的变迁

人高兴得跟疯了一样——青年人比平常跳得高多少就不用说，像王安福、陈修福、老宋、杨三奎那么大的老汉们，也都拈着自己的白胡须说："哈哈！咱们还没有死，就把鬼子熬败了！"

垒小了的大门又都拆开了；埋藏着的东西也都刨出来了。砖瓦窑又动了工，被敌人烧坏了的门楼屋顶都动手修理着。各家又都挂起中堂字画，摆上方桌、太师椅、箱笼、橱、柜、蜡台、镜屏……当媳妇的也都穿起才从地窖里刨出来的衣服到娘家去走走。

村里人准备趁旧历八月十五，开个庆祝胜利大会。这个会布置得很热闹，请① 了一台大戏，本村的剧团也要配合着演。满街② 悬灯结彩，展览抗战以来本村得到的胜利品。预定的程序：十四日白天的节目是民兵技术表演——打靶、投弹、刺枪、劈刀、自由表演。十五日正式开庆祝会。十六日公祭抗战以来全村死难人员。三个晚上都演戏、看戏。

十四日这天早上，胜利品就陈列起来了，十七条日本三八式步枪、三支手枪、几十个手榴弹、一把战刀、八顶钢盔、十来件大衣；还有些皮靴、皮带、皮包、钢笔、望远镜、画片、地图……七铜八铁摆了几桌子。早饭后，步

① "请"，原版作"写"。
② "满街"前，原版有"十四十五十六三天"。

枪打靶开始，每人打三发。打完后，算了一下成绩，全体平均是二十三环；有两个神枪手，三枪都打着红心，其中一个就是武委会主任白狗。第二项是投弹，也不错，平均二十米远；小胖孩从小放牛时候扔石头练下功夫，扔了三十二米远，占了第一名，都夸他是"老子英雄儿好汉"。其余劈刀、刺枪、自由表演，也都各有英雄。表演完了，大家都欢天喜地受奖散会。

下午戏也来了，晚上街上庙里都点起了灯，当啷当啷开了戏。年轻人们都说："自从记事以来还数今年这八月十五过得热闹。"王安福老汉说："你们都记不得：我在十二岁时候——就是光绪二十七年，咱村补修龙王庙，八月十五唱了一回开光①戏，那时候也是满街挂灯，不过还没有这次过得痛快②，因为那时候是李如珍他爹掌权，大家进到庙里都连句响话也不敢说。"

第二天是十五日，是正式开庆祝会的一天。早上，大家一边布置会场，一边派人到区上请铁锁冷元回来参加。早饭以后，一切都准备好了，只是铁锁跟冷元没有来。大家又等了一会儿，只有冷元来了。冷元说："铁锁哥到县里去了，今天赶晌午才能回来，我给他留下了个信，叫他回来就来。"村长说："那咱们就先开吧！"

---

① 开光就是给神像开眼睛。——作者原注。（编者：原版为夹注）
② "痛快"，原版作"热闹"。

李家庄的变迁

会开了，第一个讲话的就是村长。他报告了开会意义之后，接着就讲道："我现在先笼统谈一谈抗战以来咱们村里的工作成绩。要说把八年来村里的工作从头至尾叙说一下，恐怕多得很，三朝五日也说不完，现在咱们只用把村里的情形笼统跟以前比一比，就可以看出咱们的总成绩来了。先说政权吧：抗战以前，老百姓谁敢问一问村公所的事？大小事，哪一件不是人家李如珍说怎样就怎样？谁进得龙王庙不捏一把冷汗？如今啦？哪件事不经过大家同意？哪个人到龙王庙来不是欢天喜地的？再说村里人的生活吧：从前全村有八十多户没饭吃的赤贫户，如今一户也没有了；从前每年腊月，小户人家都是债主围门，东挪①西借过不了年，如今每年腊月，都能安心到冬学里上课，到剧团里排戏，哪还有一家过不了年的？平常过日子，从前吃是甚穿是甚，如今比从前好了多少？咱们也不用自己夸，各人心里都有个数。再说坏人的转变吧：从前村里有多少烟鬼？多少赌棍？多少二流子、懒汉、小偷、破鞋？咱们也不是自己夸，这一类人，现在谁还能在咱们李家庄找出一个来？从前东家丢了东西了，西家捉住孤老了，如今啦？在地里做活，锨镢犁耙也不想往回拿，晚上睡觉，连大门也不想关，也没有奸情，也没有盗案。大家

---

① "挪"，原版作"揭"。

202

都是这样过惯了，也不觉得这算个什么事，不过你冒细细一想，在抗战以前这样子行不行？说到全村人的进步，大家都是过来人，更不用多讲：论文，不论男女都认得自己个名字；论武，不论长幼都会打几颗子弹。这些在现在看来也都是些平常事，可是在抗战以前也不行呀！我想现在单单把李如珍叔侄们那些人弄得几个来放到咱们村里，他们就活不了：讹人讹不了，哄人哄不了，打人打不了，放债没人使，卖土没人吸，放赌没人赌，串门没人要，说话没人理，他们怎么能活下去？打总说一句：这里的世界不是他们的世界了！这里的世界完全成了我们的了！可惜近几年来敌人每年还要来扰乱咱们几回，如今敌人一投降我们更是彻底胜利了！我们八年来，把那样一个李家庄变成了这样一个李家庄，这就是我们的总成绩！"

村长讲罢了总成绩之后，武委会主任、合作社经理、各救会主席、义校教员，也都各把本部门的成绩讲了一番，冷元又讲了一讲，以下便是自由讲话。自由讲话这一项最热闹，因为谁也是被一肚子胜利憋得吃不住，会说不会说，总要上去叫几声，一直到晌午以后还没有讲完。

就在这时候，铁锁来了，大家就让他先上台去讲。他开头第一句就说道："我来的任务，是报告大家个坏消息！"台下大部分人都觉着奇怪了，暗想胜利了为什么还有坏消息。铁锁接着道："日本已经投降了，为什么还有

李家庄的变迁

坏消息呢？"人们低声说"你可说呀？"铁锁仍接着道："因为日本虽然宣布了投降，蒋介石①却下命令不叫日本人把枪缴给我们，又下命令叫中央军渡过黄河来打八路军。阎锡山跟驻在山西的日军成了一气，又回到太原，把小喜他们那些伪军又编成他自己的军队，叫他们换一换臂章，仍驻在原地来消灭八路军。八路军第二次来的时候，不是跟大家说过永远不走了吗？可是现在人家中央军要来，阎锡山军也要来，又不叫日军缴枪，你看这……"台下的人乱叫起来了："说得他妈的倒排场！前几年他们钻在哪里来？"有人问："上边准备怎么办？"铁锁道："怎么办？日军的枪还要缴！谁敢来进攻咱们，咱们只有一句话：'跟他拼！'"白狗跳上台去向铁锁道："你不用往下讲了！要是他们想来占这地方，我管保咱村的人都是他们的死对头！"台下大喊道："对！有他没咱，有咱没他！"白狗已经把铁锁挤到一边，自己站在正台上道："他们来吧！咱们这几年又攒了几颗粮食了，他们再来抢来吧！这里的人还没有杀绝啦，他们再来杀吧！叫他们来做什么？叫他们给李如珍撑腰吗？叫春喜再回来讹人吗？叫小喜再到我家胡闹吗？他们来了，三爷还可以回来捆人押人打人，六太爷还可以放他的八当十，你怕他们不愿意来啦？他们来

---

① "蒋介石"，原版作国民政府。

了，又得血涂龙王庙，咱们还能缩着脖子叫他们杀呀？他们也算瞎了眼了！他们只当咱们还是前几年那个样子，只会缩着脖子挨刀。不同了！老实说：咱们也不那么好惹了！反了几年'扫荡'，跟着八路军也攻过些城镇码头，哪个人也会放几枪了，三八式步枪也有几支了，日本手榴弹也有几颗了，咱们就再跟上八路军跑几趟，再去缴几支日本枪，再去会一会儿这些攻我们的中央军，再去请一请小喜，看这些孙子们有什么三头六臂！"台下又喊："谁愿意去先报起名来！"又有个青年喊："不用报名了！我看不如咱们站起队来叫武委会主任挑，把不能用的挑出去，余下咱们一通去！"白狗道："还是报一下！大家同意马上报，咱们就报起来！"

院里、台上、拜亭上，分三组写名单。写完了，三组集合起来，报名的共是五十三个。白狗看了一下，也有四十岁以上的，也有十五六岁的，也有女的——二妞巧巧都在数。铁锁道："这样不好领导，还得有个限制。"挑了一挑，把老的小的女的除去，还有三十七个，村干部差不多都在数。铁锁把这结果一宣布，二妞、巧巧，还有几个女的都说了话，她们说她们一定要到潞安府①捉小喜。铁锁告她们说没法编制，她们说可以当看护。麻烦了一大

---

① 潞安府，今长治市。

李家庄的变迁

会，大家劝她们在家领导生产照顾参战人们的家庭。

村干部都参了战，马上都补选起来了——二妞代理村长，妇救会主席换成巧巧。王安福老汉说："这么多的参战的，应该有个人负总责来照顾他们的家庭。我除了办合作社，可以代办这件事。"

大家在这天晚上，戏也无心看了，参战的人准备行李，不参战的人帮着他们准备。

第二天，公祭死难人员的大会，还照原来的计划举行，可是又增加了个欢送参战人员大会。

就庙里的拜亭算灵棚，灵棚下设起三个灵牌：村里人时时忘不了小常同志，因此虽是公祭本村死难的人，却把小常同志供在中间。左边一个是反"扫荡"时候牺牲了的三个民兵。右边一个是被反动家伙们杀了的逼死的那几十个人。前面排了一排桌子，摆着各色祭礼。两旁挂起好多挽联。开祭的时候，奏过了哀乐，巧巧领着两个妇女献上花圈，然后是死者家属致祭，区干部致祭，村干部领导全村民众致祭，最后是参战人员致祭。

欢送参战人员的大会会场就布置在戏台下，那边祭毕，马上一个向后转，就开起这个会来。在这个会上，自然大家又都讲了许多话，差不多都是说"现在的李家庄是拿血肉换来的，不能再被别人糟蹋了"，"我们纵不为死人报仇，也要替活人保命"。讲完了话，参战人员把胜利品里边的枪械、子弹、手榴弹都背挂起来，向拜亭上的灵牌敬礼作别，然后就走出龙王庙来。

村里一大群人，锣鼓喧天把他们这一小群人送到三里以外。临别的时候，各人对自己的亲属朋友都有送的话。王安福向他的子侄们说："务必把那些坏蛋们打回去，不要叫人家来了刴①了我这个干老汉！"二妞向小胖孩说："胖孩！老子英雄儿好汉，不要丢了你爹的人！见了那些坏东西们多扔几颗手榴弹！"巧巧向白狗说："要是见了小喜，一定替我多多戳他几刺刀！"白狗说："那忘不了，看见我腿上的伤疤，就想起他来了！②"

---

① "刴"，原版作"刮"。
② "看见我腿上的伤疤，就想起他来了！"原版作"我腿上还有疤啦！"

1946 年

催粮差 [1]

抗战以前，还没有咱们解放区这统一累进税制度 [2]，征收田赋 [3]，还是用清朝的粮银制，俗话叫"完粮"，也叫"点粮"。每年两次，夏秋各一半。

每次开了征以后不几天，县政府就把未来完粮的户口，随便挑一些，写成一张单子，并且出一张拘人的票，把单子粘在后边，派个差人出来走一趟，俗话叫催粮。要从票上看起来，有些很厉害的话，什么"……拖延不缴，殊属玩忽，着即拘究……"好像是犯了什么了不起的大罪，不过除了一年只进两回城的乡下人，谁也知道这不过

---

[1] 原载《新文艺》第 3 期（1946 年 8 月 1 日出版），1947 年 2 月收入短篇小说集《福贵》，由华北新华书店出版。

[2] 根据课税对象数额多少按递增税率计征的一种税。统一累进税是晋冀鲁豫边区政府为发展边区生产，于 1943 年颁布的一种税则，它以钱多多出、钱少少出为原则，以"畜力"为各种收入的计算单位，分数为"计算和征收单位"。

[3] 田赋，土地税。

李家庄的变迁

是个样子，有势头的先生们根本不理；大村大镇的人们要是没有多走过衙门的，面生一点儿也不过管一顿饭或者送一顿饭钱，只有荒僻山庄，才能有一点儿油水。可是这种名单上写的都是前几辈子的死人名字，又查不出有没有山庄上的户口（在县政府的粮册上改个名字，要写推收帖子，还要花些小费，因此除了买卖田地外，上世人死了也不去改名字）。

县政府的司法警察，不欢迎这催粮的差使，因为比起人命、盗窃、烟赌……刑事案件来，弄钱又不多，跑路又太多。别的票子发下来，你争我夺抢不到手；这催粮票子发了来，写到谁名下谁也推不出。

崔九孩当了一辈差（司法警察），在那年虽是五十多了可还能说能跑。有一次南乡的催粮差使派到他头上，他不想去——虽然能说能跑，可总得有点油水跑得才有劲——差使多了跑不过来，本来可以临时雇人；他虽不是跑不过来，可是不想去，好在有这雇人的例子，就雇个人吧！

他雇了煎饼铺里一个伙计。这人是从镇上来的，才到城里没有几天，虽说没有催过粮，可是见过别的差人到他家去催粮。他觉着这事也没有什么不好办——按单找户口、吃饭、要盘费。这有什么难办？他答应了，九孩就把票子、铁绳、锁子和自己的藤条手杖都交给他。

　　走路比卖煎饼还轻快，不慌不忙走了十五里，取出票来看看，眼前村子里有一户叫张天锡。他走进了村，到村公所一打听，村警说："催粮啦？张天锡是张局长的老爷爷，早就不在了。"他又问村警说："他住在哪一院？"村警说："在南头槐树底那黑漆大门里。去不去吧……"

　　听这口气，好像说"去也扯淡"。他又问："他家没有人？"村警说："二先生在家啦！"他听说有人，也就不再往下问。他想：不管几先生吧，票上有他的名字，他还能叫我空着走？主意一定，出了村公所，往二先生家里来。

　　到了村南头，找着了槐树，又找着黑漆大门，一进去就有个大白花狗叫起来。有个人正担着水在院里浇花，见他进去，便挡住狗问他是哪里来的。他说从城里来。那人又问："送信吗？"他说："不是！有个事啦！"二先生在家里听见了，隔着窗问："什么事？"说着就到门边，揭开竹帘用手一点说："过来，我问问你！"他便走到门边。二先生问："说吧！什么事？是不是财政局打发你来的？"他说："不是！我是催粮的！"

　　二先生问："催粮的？给我捎着信啦？"他说："没有！"二先生说："那你来做什么？"他说："票上有你的名字。"二先生看了看他，又问："你是新来的吧？"他说："是！"二先生摇了一下头，似乎笑了一笑说："去吧！我已经打发人点粮去了！"

他觉得奇怪了。他想：这先生怎么这样不讲面子？不给钱吧也不管顿饭？不管饭吧连屋子里也不叫进去坐坐？他还没有想完，二先生追他道："走吧！"说了就放下帘子把头缩回去。他生了气，就向着门里喊道："这是拘票①啊！"二先生也生了气，隔着门叹气道："哪这么不通窍的差人来！"又揭开帘道："你叫什么名？"他更气极了："我拿着票找你找错了？"浇花那个人也赶上阶台，推了他一把道："你这人真不识高低！跟二先生说话还敢那么喊叫？"白花狗也夹掺在中间叫起来。

二先生这会儿可真生了气："我没有见过票，拿出来我看！"他在这局面下，一时拿不定主意，也不知是拿票好还是不拿好。浇花的劝他赶紧走开算了，可是二先生认真要他取出票来，他也只好取出来。

二先生不是没有见过票，他是要看看这差人叫什么名字。二先生一看见崔九孩这个名字便问道："你就是崔九孩？"他拿着票，也只好顶住这个名，便答道："是！"才说出个"是"字来，就挨了二先生一耳光。二先生说："回去吧！叫崔九孩亲自来拿票来！"

看样子是不便再商量了，只好返回城里去。来回跑了

---

① 拘票，拘捕人的传票。

三十里，吃了一个耳光，满肚冤枉向崔九孩去诉苦。崔九孩问明了原因，便叹气道："谁叫你到他那里去？算了算了！这是我的路途债，非自己去跑一趟不行！你挨了打还不算到底，我还得给人家说好话赔情去，要不，连票也拿不出来了！"

他满以为回来见了崔九孩可以给自己拿个主意，谁知崔九孩也这么稀松？他便问道："这家有多大势头？"崔九孩道："势头也不大，只是咱惹不起：他哥哥就是现在咱县财政局的张局长，咱得伺候人家；他从前不记得在哪县当过秘书，这几年在地方上当士绅，给别人包揽官司，常到城里来，来了住在财政局，咱还不是伺候人家？算了！你回去歇歇吧！还是得我去！"他听了这番话，也只好忍气回去卖他的煎饼，把铁绳、锁子、手杖等原物交还。崔九孩吃了午饭，仍然取上他出门的那一套便来找二先生赔情要票。

二先生家是他常去的——送信、捎东西，虽不是法警分内的事，可是局长说出来就得去——路是熟的，不用打听，一直跑到二先生院子里。

爬到玻璃窗子上一看，二先生跟他老婆躺在烟灯旁边摇扇子。他嬉皮笑脸揭开帘子道："二爷！我来给你老人家赔情来了！"说了就嘻嘻笑着，走进来蹲到窗下。二先生看见是他，冷冷道："九孩！我当你的腿折了！"九孩道："可不敢叫折了！折了还怎么给你老人家赔情来啦！嘻嘻……"二先生老婆也瞥着笑了，只有二先生没有笑。二先生似乎要说什么，可是没有开口，先提起瓷壶倒了半杯冷茶喝了。

"二爷，我给你冲去！"崔九孩一弓身站起来，提起瓷壶到厨房冲了壶茶。

当他冲茶回来，看见二先生跟他老婆都笑着，他觉着事情已经解决了。他知道二先生也不把这事情当成一回事跟自己生气，只要一高兴就不跟他们这些人计较了。他恭恭敬敬给二先生夫妇一人倒了一杯茶，然后仍蹲到自己的原地方看风色。

二先生老婆笑着说："老九孩！你怎么弄了那么个替死鬼？差一点儿把你二爷拶上走！"

九孩说："不用说他了，太太！都只怨我！我不该偷懒！二爷知道，催粮是苦差！我老了，不想多跑，才雇了那么一个人。"

二先生也开了口："雇人也看是什么人啦！像那样一个土包子，一点儿礼体也没有，要对上个外面来的客人，那像个什么样子？"崔九孩自然是一溜"是"字答应下去。答应完了，又道："二爷！不要计较他！都是我的过！你骂我两句好了！"他停了一下，见二先生没有说什么，就请求道："我走吧二爷？"二先生道："走吧！票在桌上那书夹子里！"

他从书夹子里翻出票来看一看问道："二爷！这村里有一户叫孙二则的住在哪里？"二先生道："那是个种山地的，住在红沙岭！你到外边打听路吧！那可能给你赶个盘费！你们这些人还不是一进了山，就为了王了？"九孩笑道："对对对！二爷是明白人！——二爷！再把你老人家的烟灰给我寻些喝吧？"二爷说："迟早讨要不够！"说着拆开个大纸包给他抓了一把。

崔九孩辞了二先生，在村里问过了过红沙岭的路，喝一点儿烟灰，便望着红沙岭走。快到上山的地方，他拿出一副红玻璃眼镜戴上。这眼镜戴上不如不戴，玻璃也不平，颜色又红得刺眼，直直一棵树能看成一条曲曲弯弯的红蛇，齐齐一座房能看成一堵高高的红墙。他到大村镇不敢戴，戴上怕人说笑话；一进了山一定要戴，戴上了能吓住人。一根藤手杖，再配上这副眼镜，他觉着够味了。五六里山路他一点儿也不觉着累——一来喝上了大烟灰，二来有钱可取——越走越有劲，太阳不落就赶到红沙岭。

红沙岭这个山庄，只有七家人——三家姓孙的，四家姓刘的，都是前两辈子从河南来的开荒地的。老邻长六十多了，姓刘，念过《百家姓》和《四言杂字》，其余的人除了写借约时候画个十字，就再不动笔。他一到庄上，有三只狗一齐向他扑来，他用一条手杖四面招架，差一点儿

李家庄的变迁

吃了亏。孩子们出来给他挡住狗，他便问一个十二三岁的女孩道："邻长住在哪里？"女孩说："在这里，我领你去！"他就跟着这女孩找着了邻长。

他问："你就是邻长？"刘老汉点点头，问他是从哪里来的。他说："从城里来的。你这庄上有个孙二则？""早就去世了！"

"他没有后代？""有！有个孙孙名叫甲午。""在哪里住？"

"上地了！"又向那个小女道："黑女！去叫你爹！"黑女答应了一声跑出去。

刘老汉把崔九孩让到家里喝水，问是什么事。九孩喝了一碗水，冷冷答道："有点儿闲事！"刘老汉也无法再问，崔九孩也撑住气不说，只是吸烟喝水。

一会儿，黑女跑来，领着一个人，赤着脊背，肩上背着件破小布衫，手里提着一顶草帽，一进门就问刘老汉道："大伯！有人找我？"

九孩问刘老汉道："这就是孙甲午？"刘老汉答道："就是！"

九孩再不往下问，掏出小铁绳来套在甲午的脖子上，用小铁锁嘣的一声锁住。甲午和刘老汉都吃了一惊。黑女看了几眼，虽说不认得是什么事，可也觉着不对，扭头跑了。

刘老汉问道："老头！究竟是什么事？"九孩道："不忙！有票！"说着用脚踩住铁绳头，掏出票来，哗啦哗啦念道："查本年度下忙粮银业已开征多日，乃有单列各户，迁延不缴，殊属顽忽之至，着即拘案讯究，以儆效尤。切切此票。"又从单上指出孙二则的名字道："这是你爷爷的名字吧？"甲午不识字，刘老汉看了半天道："是倒是！……"

才念了票，甲午老婆和黑女都哭着跑来。甲午老婆看了看甲午，向刘老汉哭道："大伯！这这叫怎么过呀！黑女她爹闯下什么祸了？"刘老汉道："没有什么祸，粮缴得迟了。"甲午老婆也不懂粮缴得迟了犯什么罪，只歪着头看甲午脖子上那把铁锁。

九孩把票折好包起来，就牵住铁绳向刘老汉道："老邻长，你在吧！我把他带走了！"又把绳一拉向甲午道："走吧！"说着就向门外走。

甲午老婆和黑女都急了，哇一声一齐哭出来。刘老汉总还算有点经验，便抢了几步到门外拦住道："老头不要急！天也黑了！就住这里吧！人我保住，要说到一点儿什么小意思啦，也不要紧，总要打发你喜喜欢欢地起身啦！"又向甲午老婆道："不要哭了！回去给人家老头做些饭！"九孩道："倒不是说那个！今年不比往年，粮太紧！"虽是这么说，却又返回去坐下了。甲午老婆见暂且不走了，就向刘老汉道："大伯！这事可全凭你啦呀！我

李家庄的变迁

回去做饭去。"说了就拉着黑女回去了。

刘老汉又向九孩道:"老头!我保住,你暂且把他放开吧?他是一手人,借个钱跑个路都得他亲自去。"

九孩见这老汉还能说几句,要是叫他保住,他随便给弄个块儿八毛钱,又把原人弄个不见面,难道真能把他这保人带走?他想这人放不得,便道:"人是不能放呀!住一夜倒可以。"刘老汉道:"不放也不要紧。你也累了,到炕上来随便歇歇,咱们慢慢商量!"九孩便把甲午拴到桌腿上,躺到炕上去休息。刘老汉见他躺下了便向他道:"你且躺一下,我给你看饭去!"

刘老汉到了甲午家,天也黑了,庄上人也都回来了,都挤在甲午家里话弄这件事。刘老汉一进去,大家都围着来问情形。

刘老汉说:"不怕!他不过想吃几个钱,祭送祭送 ①就没事了。"甲午老婆问:"不知道得几个钱?"刘老汉道:"要在村里给一顿饭钱就能打发走;到咱这山庄上还不是尽力撑啦吗?你们不要多到他跟前哭闹,只要三两个人来回跑跑路,里外商量商量,要叫他看见咱不十分着急,才能省个钱。"大家又选了两个会说话的人跟刘老汉一同去,都向刘老汉说:"大伯的见识高,这会儿全凭你啦!"

---

① 乡下人迷信鬼神,得了病送鬼叫"祭送"。

饭成了，做了一大锅，准备请大家都吃一些，可是有好多人不吃，都说："小家人吃不住这样破费。"

九孩吃过饭，刘老汉他们背地咬着甲午的耳朵给他出了些主意。又问了他一个数目。有个青年去借了一块现洋递给刘老汉。刘老汉拿着钱向九孩道："本来想给老头多借几个盘费，不过甲午这小家人，手头实在不宽裕，送老头这一块茶钱吧！"

一块钱那时候可以买二斗米，数目也不算小，可是住衙门的这些人，到了山庄上，就看不起这个来了。他说："小家人叫他省个钱吧！不用！我也不在乎这块二八毛。带他到县里也没有多大要紧，不过多住几天。"庄稼人最怕叫他在忙时候误几天工，不说甲午，别人也替他着急了。

那个青年又跟甲午咬着耳朵说了一会儿话，又去借了两块钱，九孩还不愿意。一直熬到半夜多，钱已经借来五块了，九孩仍不接。甲午看见五块钱摆在桌上，有点眼红了，便说："大伯！你们大家也不要作难了，借人家那么些钱我指什么还人家啦？我的事还是只苦我吧！不要叫大家跟着我受罪。把钱都还了人家吧！明天我去就算了！"

九孩接着道："对！人家甲午有种！不怕事！你们大家管人家做甚？"说了又躺下自言自语道："怕你小伙子硬

笨啦？罪也是难受着啦！一进去还不是先捺一顿板子？"

甲午道："那有什么法？没钱人还不是由人家摆弄啦？"刘老汉也趁势推道："实在不行也只好有你们的事在！"把桌上的几块钱一收拾，捏在自己手里向那个借钱的青年一伸。青年伸手去接，刘老汉可没有立刻递给他，顺便扭头轻轻问九孩道："老头！真不行吗？"

九孩看见再要不答应，五块现银洋当啷一声就掉在那个青年手里跑了，就赶紧改口道："要不是看在你老邻长面子上的话，可真是不行！"刘老汉见他改了口，又把钱转递到他手里道："要你被屈！"九孩接住钱又笑，回道："这我可爱财了！"

九孩把手往衣袋里一塞，装进了大洋，掏出钥匙来，开了锁，解了铁绳，把甲午放出。

第二天早上，^①崔九孩又到别处催粮，孙甲午到集上去粜米。^②

---

① 初版本（1947年1月华北新华书店出版）此处有"还照样是个晴天，"一句。

② 3版本、4版本和香港《鲁迅的道路》（《大众文艺丛刊》第4辑）均无这一段。

福　贵 [1]

　　福贵这个人，在村里比狗屎还臭。村里人说他第一个
大毛病是手不稳：比方他走到谁院里，院里的人总要眼巴
巴看着他走出大门才放心，他打谁地里走过，地里的人就
得注意一下地头堰边放的烟袋衣服；谁家丢了东西，总要
到他家里闲转一趟；谁家丢了牲口，总要先看看他在家不
在……不过有些事大家又觉着非福贵不行：谁家死了人，
要叫他去穿穿衣裳；死了小孩，也得叫他给送送；遇上埋
殡死人，抬棺打墓也都离不了他。说到庄稼活，福贵也是
各路精通，一个人能抵一个半，只是没人能用得住他——
身上有两毛钱就要去赌博，有时候谁家的地堰塌了大罅，
任凭出双工钱，也要请他去领几天工——经他补过的罅，
很不容易再塌了。可是就在用他的时候，也常常留心怕他
顺便偷了什么家具。后来因为他当了吹鼓手，他的老家长

---

[1] 原载《太岳文化》创刊号（1946年10月1日出版），1947年2月华北
新华书店出版单行本。

李家庄的变迁

王老万要活埋他，他就偷跑了，直到去年敌人投降以后，八路军开到他村一个多月他才回来。

　　我们的区干部初到他村里，见他很穷，想叫他找一找穷根子，可是一打听村里人，都一致说他是个招惹不得的坏家伙，直到好多的受苦受难的正派人翻身以后，区干部才慢慢打听出他的详细来历。

一

　　福贵长到十二岁，他爹就死了，他娘是个把家成人的人，纺花织布来养活福贵。福贵是好孩子，精干、漂亮，十二三岁就学得锄苗，十六七岁做手头活就能抵住一个大人，只是担挑上还差一点儿。就在这时候，他娘又给他订了个九岁的媳妇。这闺女叫银花，娘家也很穷，爹娘早就死了，哥嫂养活不了她，一订好便送过来作童养媳。不过银花进门以后却没有受折磨——福贵娘是个明白人，又没有生过闺女，因此把媳妇当闺女看待。

　　村里有自乐班，福贵也学会了唱戏——从小当小军①，长大了唱正生，唱得很好。银花来了第二年正月十五去看戏，看到福贵出来，别的孩子们就围住她说："银

------

① 小军，跑龙套。

花！看！你女婿出来了！"说得她怪不好意思，后来惯了，也就不说那个了。

银花头几年看戏，只是小孩子看热闹；后来大了几岁，慢慢看出点意思来——倒不是懂得戏，是看见自己的男人打扮起来比谁都漂亮——每逢庙里唱自己村里的自乐班，不论怎样忙，总想去看看，嫌怕娘说，只看到福贵下了台就回来了。有一次福贵一直唱到末一场，她回来误了做饭，娘骂了一顿，她背地里只是笑。别人不留意，福贵在台上却看出她的心事来，因此误了饭也不怪她，只悄悄地笑着跟她说一句"不能早些回来"？

二

福贵长到二十三，他娘得了病，吃上东西光吐。她自己也知道好不了，东屋婶也说该早点准备，福贵也请万应堂药店的医生给看了几次，吃了几服药也不见效。

一天，福贵娘跟东屋婶说："我看我这病也算现成了。人常说：'吃秋不吃夏，吃夏不吃秋'，如今是七月天，秋快吃得了，恐怕今年冬天就过不去。"东屋婶截住她的话道："嫂！不要胡思乱想吧！哪个人吃了五谷能不生灾？"福贵娘说："我自己的病自己明白。死我倒不怕！活了五六十岁了还死不得啦？我就只有一件心事不了：给

李家庄的变迁

福贵童养了个媳妇在半坡上滚①，不成一家人，这闺女也十五了，我想趁我还睁着眼给她上上头②，不论好坏也就算把我这点心尽到了。只是咱这小家人，少人没手的，麻烦你到那时候给我招呼招呼！"东屋婶满口称赞，又问了日期，答应给她尽量帮办。

七月二十六是福贵与银花结婚的日子，银花娘家哥哥也来送女。银花借东屋婶家里梳装上轿，抬在村里转了一圈，又抬回小院，下了轿往西屋去，堂屋里坐着送女客，请老家长王老万来陪。福贵娘嫌豆腐粉条不好，特别杀了一只鸡，做了个火锅四碗。

不论好坏吧，事情总算办过了。福贵和银花是从小就混熟了的，两个人很合得来，福贵娘觉着蛮高兴。

不过仍不出福贵娘所料，收过了秋，天气一凉病就重起来——九月里穿起棉袄，还是顶不住寒气，肚子里一吃东西就痛，一痛就吐，眼窝也成黑的了，颧骨也露出来了。

东屋婶跟福贵说："看你娘那病恐怕不中了，你也该准备一下了。"福贵也早看出来，就去寻王老万。

王老万说："什么都现成。"王老万的"万应堂"是药铺带杂货，还存着几口听缺的杨木棺材。可是不论你用什

---

① 在半坡上滚，指事情未到底。
② 上头，姑娘结婚前，要绞脸、盘髻，当地习惯叫"上头"。

么，等到积成一个数目，就得给他写文书。王老万常教训他自己的孩子说："光生意一年能见几个钱？全要靠放债，钱赚钱比人赚钱快得多。"

将就收罢秋，穰草还没有铡，福贵娘就死了。银花是小孩子，没有经过事，光会哭。福贵也才二十二岁，比银花稍强一点儿，可是只顾央人抬棺木，请阴阳，顾不得照顾家里。幸亏有个东屋婶，帮着银花缝缝孝帽，挂挂白鞋，坐坐锅，擀擀面，才算把一场丧事忙乱过去。

连娶媳妇带出丧，布匹杂货钱短下王老万十几块，连棺木一共算了三十块钱，给王老万写了一张文书。

三

小家人一共四亩地，没有别的指望，怕还不了老万的钱，来年就给老万住了半个长工。银花从两条小胳膊探不着纺花车时候就学纺花，如今虽然不过十六岁，却已学成了纺织好手。小两口子每天早上起来，谁也不用催谁，就各干各的去了。

老万一共雇了四个种地伙计，老领工伙计说还数福贵，什么活一说就通。老领工前十来年是好把式，如今老了，做起吃力活来抵不住福贵，不过人家可真是通家，福贵跟人家学了好多本领。

不幸因为上一年福贵办了婚丧大事，把家里的粮食用完了，这一年一上工就借粮，一直借到割麦。十月下工的时候，老万按春天的粮价一算，工钱就完了，净欠那三十块钱的利钱十块零八毛。三十块钱的文书倒成四十块，老万念其一来是本家，二来是东家伙计，让了八毛利。

福贵从此好像两腿插进沙窝里，越圪弹越深，第四年便滚到九十多块钱了。十月里算账，连工钱带自己四亩地余下的粮食一同抵给老万还不够。

这年正月初十，银花生了头一个孩子。银花娘家只有个嫂，正月天要在家招呼客人，不能来，福贵只好在家给她熬米汤。

粮食已经给老万顶了利，过了年就没吃的。银花才生了孩子，一顿米汤只用一把米，福贵自己不能跟她吃一锅饭，又不敢把熬米汤的升把米做稠饭吃，只好把银花米汤锅里剩下的米渣子喝两口算一顿。银花见他两天没吃饭，只喝一点儿米渣子，心疼得很，拉住他的胳膊直哭。

四

十四那一天，自乐班要在庙里唱戏，打发人来叫福贵。福贵这时候正饿得心慌，只好推辞道："小孩子才三四天，家里离不了人照应。"

白天对付过去了，晚上非他不行，打发人叫了几次没有叫来，叫别人顶他的角，台底下不要。有些人说："本村唱个戏他就拿这么大的架子！抬也得把他抬来！"

东屋婶在厢房楼上听见这话，连忙喊道："你们都不知道！不是人家孩子的架子大！人家家里没吃的。三四天没有吃饭，只喝人家媳妇点米渣渣，哪能给咱们唱？"东屋婶这么一喊叫，台上台下都乱说："他早不说？正月天谁还不能给他拿个馍？"东屋婶说："这孩子脸皮薄，该不是不想说那丢人话啦？我给人家送个馍人家还嫌不好意思啦！"老万在社房里说："再去叫吧！跟他说明，来了叫他到饭棚底吃几个油糕，社里出钱！"

问题是算解决了，社里也出几个钱，唱戏的朋友们也给他送几个馍，才供着他唱了这三天戏。

社里还有个规矩：每正月唱过戏，还给唱戏的人一些小费，不过也不多，一个人不过分上一两毛钱，福贵是个大把式，分给他三毛。

那时候还是旧社会，正月天村里断不了赌博。十七这一天前响，他才从庙里分了三毛钱出来，一伙爱赌博的青年孩子们把他拦住，要跟他耍耍钱。他心里不静，急着要回去招呼银花，这些年轻人偏偏要留住他，有的说他撇不下老婆，有的说他舍不得三毛钱——话都说得不好听：

"三毛钱是你命？""不能给人家老婆攒体己？"说得他也不好意思走开，就跟大家跌起钱来。他是个巧人，忖得住手劲，当小孩子时候，到正月天也常跟别的孩子们耍，这几年日子过得不称心才不要了。他跟这些年轻人跌了一会儿，就把他们赢干了，数了数赢够一块多钱。

五

回到家，银花说："老领工刚才来找你上工。他说正月十五也过了，今年春浅，掌柜说叫早些上工啦！"福贵说："住不住吧不是白受啦！咱给人家住半个，一月赚人家一块半；咱欠人家九十块，人家一月赚咱三块六，除给人家受了苦，见一月还得贴两块多。几时能贴到头？"银花说："不住不是贴得越多吗？"福贵说："省下些工担担挑挑还能寻个活钱。"银花说："寻来活钱不还是给人家寻吗？这日子真不能过了呀？"福贵说："早就不能过了，你才知道？"

他想住也是不能过，不住也是不能过，一样不能过，为什么一个活人叫他拴住？"且不给他住，先去籴二斗米再说！"主意一定，向银花说明，背了个口袋便往集上去。

打村头起一个光棍家门口过，听见有人跌钱，拐进去一看，还是昨天那些青年。有一人跑来拦住他道："你这人赌博真不老实！昨天为什么赢了就走，真不算人！"福贵说："你输干了，叫我跟你赌嘴？"说着就回头要走，这青年死不放，一手拉着他，一手拍着自己口袋里的铜圆道："骗不了你！只要你有本事，还是你赢的！"

福贵走不了，就又跟他们跌了一会儿，也没有什么大输赢。这时候，外边来了个大光棍。挤到场上下了一块现洋的注，小青年谁也不敢叫他这一注，慢慢都抽了腿，只剩下四五个人。福贵正预备抽身走，刚才拉他那个青年又在他背后道："福贵！你只能捉弄我，碰上一个大把式就把你的戏煞了！"福贵最怕人说他做什么不如人，怄着气跌了一把，恰恰跌红了，杀过一块现洋来。那人又从大兜肚里掏出两块来下在注上叫他复。他又不好意思说注太大，硬着头皮复了一把，又乐了。那人起了火，又下了五块，他战战兢兢又跌了一把，跌了两个红一个皮，码钱转到别人手里。这时候，老领工又寻他上工，他说："迟迟再说吧！我还不定住不住啦！"那个青年站在福贵背后向老领工道："你不看这是什么时候？赢一把抵住受几个月，输一把抵住歇几个月，哪里还能看起那一月一块半工钱来？"

老领工没有说什么走了。隔了不大一会儿，一个小孩从门外跑进来叫道："快！老村长来抓赌来了！"一句话说得全场的人，不论赌的看的，五零四散跑了个光，赶老万走到院里，一个人也不见了。

晚上，福贵买米回来，老万打发领工叫他到家，好好教训了他一番，仍叫他给自己住。他说："住也可以，只要能借一年粮。"老万合算了一下："四亩地打下的粮不够给自己上利，再借下粮指什么还？不合算，不如另雇个人。"这样一算，便说："那就算了，不过去年的利还短七块，要不住就得拿出来！"福贵说："四亩地干脆缴你吧！我种反正也打得不够给你！"

就这么简单。迟了一两天，老万便叫伙计往这地里担粪。福贵这几年才把地堰叠得齐齐整整的，如今给人家种上了，不看见不生气，再也不愿到地里去。可是地很近，一出门总要看见，因此常钻在赌场不出来，赌不赌总要去散散心。这样一来二去，赌场也离不了福贵，手不够就要来叫他配一配。

六

福贵从此以后，在外多在家少，起先还只在村子里混，后来别的光棍也常叫上他到外村去，有时候走得远了，三月两月不回来。东屋婶跟银花说："他再回来劝一劝他吧！人漂流的时候长了，就不能受苦了！"银花有一回真来劝他，他说："受不受都一样，反正是个光！"

他有了钱也常买些好东西给银花跟孩子吃，输了钱任凭饿几天也不回来剥削银花。他常说他干的不是正事，不愿叫老婆孩子跟他受累。银花也知道他心上不痛快，见他回来常是顺着他；也知道靠他养活靠不住，只能靠自己的两只手养活自己和小孩。自己纺织没钱买棉花，只好给别人做，赚个手工钱。

有一年冬天，银花快要生第二个小孩，给人家纺织赚了一匹布。自己舍不得用，省下叫换米熬米汤，恰巧这时候福贵回来。他在外边输了钱，把棉衣也输了，十冬腊月穿件破衣衫，银花实在过意不去，把布给他穿了。

腊月二十银花又生了个孩子，还跟第一次一样，家里没有一颗粮，自己没米熬米汤，大孩子四岁了，一直叫肚饿，福贵也饿得肚里呱呱叫。银花说："你拿上个升，到前院堂屋支他一升米，就说我迟两天给他纺花！"福贵去了，因为这几年混得招牌不正，人家怕他是捣鬼，推说没有碾出来。听着西屋的媳妇哭，她婆婆揭起帘低低叫道："福贵！来！"福贵走到跟前，那老婆婆说："有点小事叫你办办吧，可不知道你愿意不愿意？"福贵问她是什么事，她才说是她的小孙女死了，叫福贵去送送。福贵可还没有干过这一手，猛一听了觉着这老婆太欺负人："这些事怎么也敢叫我干？"他想这么顶回去，可是又没说出口。那老婆见他迟疑就又追道："去不去？去吧！这怕甚啦？不比你去借米强？"他又想想倒也对：自己混得连一升米也不值了，还说什么面子？他没有答话，走进西屋里，一会儿就挟了个破席片卷子出去了。他找着背道走，生怕碰上人。在村里没有碰着谁，走出村来，偷偷往回看了一下，村边有几个人一边望着他一边叽叽呱呱谈论着。他没有看清楚是谁，也没有听清楚是说什么，只听着福贵长福贵短。这时候，他躲也没处躲，席卷也没处藏，半路又不能扔了，只有快快跑。

这次赚了二升米，可是自这次也做成了门市，谁家死了孩子也去叫他，青年们互相骂着玩，也好说："你不行了，叫福贵挟出去吧！"

来年正月里唱戏，人家也不要他了，都嫌跟他在一块丢人，另换了个新把式。

七

人混得没了脸，遇事也就不很讲究了：秋头夏季饿得没了法，偷谁个南瓜找谁个萝卜，有人碰上了，骂几句板着脸受，打几下抱着头挨，不管脸不脸，能吃上就算。

有一年秋后，老万的亲家来了，说福贵偷了他村里人的胡萝卜，罚了二十块钱，扣在他村村公所。消息传到银花耳朵里，银花去求老万说情。其实老万的亲家就是来打听福贵家里还有产业没有，有就叫老万给他答应住这笔账，没有就准备把他送到县里去。老万觉着他的四亩地虽交给了自己，究竟还没有倒成死契，况且还有两座房，二十块钱还不成问题，这闲事还可以管管，便对银花说："你回去吧！家倒累家，户倒累户，逢上这些子弟，有什么办法？"钱也答应住了，人也放回来了，四亩地和三间堂房，死契写给了老万。

写过了契，老万和本家一商量，要教训这个败家子。晚上王家户下来了二十多个人，把福贵绑在门外的槐树上，老万发命令："打！"水蘸麻绳打了福贵满身红龙。福贵像杀猪一样干叫喊，银花跪在老万面前死祷告。

福贵挨了这顿打，养了一月伤，把银花半年来省下的二斗多米也吃完了。

八

伤养好了，银花说："以后不要到外面跑吧！你看怕不怕？"他说："不跑吃什么！"银花也想不出办法，没说的，只能流两眼泪。

这年冬天他又出去了。这次不论比哪一次也强，不上一个月工夫，回来衣裳也换了，又给银花送回五块钱来。

李家庄的变迁

银花问他怎样弄来的，他说："这你不用问！"银花也就不问了，把这几块钱，买了些米，又给孩子换换季。

村里的人见福贵的孩子换了新衣裳，见银花一向不到别人家里支米，断定福贵一定是做了大案。丢了银钱的，失了牲口的，都猜疑是他。

来年正月，城里一位大士绅出殡，给王老万发了一张讣闻。老万去城里吊丧，听吹鼓手们唱侍宴戏，声音好像福贵。酒席快完，两个吹鼓手来谢宾，老万看见有一个是福贵，福贵也看见席上有老万，赶紧把脸扭过一边。

丧事完了，老万和福贵各自回家。福贵除分了几块钱，并不觉得自己做了什么坏事，老万觉着这福贵却非除去不可。这天晚上，老万召集起王家户下有点面子的人来道："福贵这东西真是活够了！竟敢在城里当起吹鼓手来！叫人家知道了，咱王家户下的人哪还有脸见人呀？一坟一祖的，这堆狗屎涂到咱姓王的头上，谁也洗不清！你们大家想想这这这叫怎么办啦？"这地方人，最讲究门第清，叫吹鼓手是"王八""龟孙子"，因此一听这句话，都起了火，有的喊"打死"，有的喊"活埋"。

人多了做事不密，东屋婶不知道怎么打听着了，悄悄告诉了银花，银花跟福贵一说，福贵连夜偷跑了。

自那次走后，七八年没音信，银花只守着两个孩子过。大孩子十五了，给邻家放牛，别的孩子们常骂他是小王八羔子。

福贵走后不到一年日本人就把这地方占了。有人劝银花说："不如再找个主吧！盼福贵还有什么盼头？"银花不肯。有人说："世界上再没有人了，你一定要守个王八贼汉赌博光棍啦？"银花说："是你们不摸内情，俺那个汉不是坏人！"

区干部打听清楚福贵的来历，便同村农会主席和他去谈话。农会主席说："老万的账已经算过了，凡是霸占人家的东西都给人家退了，可是你也是个受剥削的，没有翻了身。我们村干部昨天跟区上的同志商量了一下，打算把咱村里庙产给你拨几亩叫你种，你看好不好？"福贵跳起来道："那些都是小事！我不要求别的。要求跟我老万家长对着大众表述表述，出出这一肚子王八气！"区干部和农会主席都答应了。

晚上，借冬学的时间，农会主席报告了开会的意义，有些古脑筋的人们很不高兴，不愿意跟王八在一个会上开会。福贵不管这些人愿意不愿意，就发起言来：

"众位老爷们：我回来半个月了，很想找个人谈谈话，可是大家都怕沾上我这王八气——只要我跟哪里一站，别的人就都躲开了。对不住！今天晚上我要跟我老万家长领领教，请大家从旁听一听。不用怕！解放区早就没有王八制度了，咱这里虽是新解放区，将来也一样。老万

李家庄的变迁

爷！我仍要叫你'爷'！逢着这种王八子弟你就得受点累！咱爷们这账很清楚：我欠你的是三十块钱，两石多谷；我给你的，是三间房、四亩地，还给你住过五年长工。不过你不要怕！我不是跟你算这个！我是想叫你说说我究竟是好人呀是坏人？"

老万闷了一会儿，看看大家，又看看福贵道："这都是气话，你跟我有什么过不去可以直说！我从前剥削过人家的都包赔过了，只剩你这一户了，还不能清理清理？你不要看我没地了，大家还给我留着大铺子啦！"

福贵道："老家长！我不是说气话！我不要你包赔我什么，只要你说，我是什么人！你不说我自己说：我从小不能算坏孩子！一直长到二十八岁，没有干过一点儿胡事！"许多老人都说："对！实话！"福贵接着说："后来坏了！赌博、偷人、当王八……什么丢人事我都干！我知道我的错，这不是什么光荣事！我已经在别处反省过了。可是照你当日说的那种好人我实在不能当！照你给我做的计划，每年给你住上半个长工，再种上我的四亩地，到年头算账，把我的工钱和地里打的粮食都给你顶了利，叫我的老婆孩子饿肚。一年又一年，到死为止。你想想我为什么要当这样好人啦？我赌博因为饿肚，我做贼也是因为饿肚，我当王八还是因为饿肚！我饿肚是为什么啦？因为我娘使了你一口棺材，十来块钱杂货，怕还不了你，给你住了五年长工，没有抵得了这笔账，结果把四亩地缴给你，我才饿起肚来！我从二十九岁坏起，坏了六年，挨的打、受的气、流的泪、饿的肚，谁数得清呀？直到今年，大家还说我是坏人，躲着我走，叫我的孩子是'王八羔子'，这都是你老人家的恩典呀！幸而没有叫你把我活埋了，我跑到辽县去讨饭，在那里仍是赌博、偷人，只是因为日本人打进来了，大家顾不上取乐，才算没有再当王八！后来那地方成了八路军的抗日根据地，抗日政府在那里改造流氓、懒汉、小偷，把我组织到难民组里到山里去开地。从这时起，我又有地种了、有房住了、有饭吃了，只是不敢回来看我那受苦受难的孩子老婆！这七八年来，虽然也没有攒下什么家当，也买了一头牛，攒下一窑谷，一大窑子山药蛋。我这次回来，原是来搬我的孩子老婆，本没有心思来和你算账，可是回来以后，看见大家也不知道怕我偷他们，也不知道是怕沾上我这个王八气，总是不敢跟我说句话。我想就这样不明不白走了，我这个坏蛋名字，还不知道要传流到几时，因此我想请你老人家向大家解释解释，看我究竟算一种什么人！看这个坏蛋责任应该谁负？"

一九四六年八月三十一日